# 劇場版モノノ怪 唐傘

新 八角

角川文庫
24200

# 目次

# 主な登場人物

薬売り　大奥に現れた、妖《あや》しげな男。
アサ　新入りの奥女中。能書家で、勤勉。
カメ　新入りの奥女中。気立ては良いが、不器用。
麦谷《むぎたに》　高位の奥女中。アサとカメの指導役。
淡島《あわしま》　高位の奥女中。麦谷の上司にあたる。
歌山《うたやま》　大奥の一切を取り仕切る奥女中の権力者。
時田《ときた》三郎丸《さぶろうまる》　大奥に遣わされたお目付け役の若侍。真面目すぎるきらいがある。
嵯峨《さが》平基《ひらもと》　大奥に遣わされたお目付け役の若侍。女好きで世慣れている。
坂下《さかした》　大奥の護衛、門番役を司《つかさど》る広敷番《ひろしきばん》の古参。

# 序

坂に次ぐ坂、門に次ぐ門、一向に現れぬ奥の奥。

日の本を統べる天子様《てんしさま》のおわすところ、御城本丸御殿《おしろほんまるごてん》へと向かう道のりは、人をして、蛇の腹に潜るようだ、という。

曰《いわ》く、城を囲む堀は大蛇のごとく、とぐろを巻いている。その中心に至るには、いくつもの門や坂を通り、曲がりくねった道を進まなければならない。百五十年と続く太平の世にあっては、無用の長物となった廓《くるわ》の迷路である。

この日、一人の娘が蛇の腹に飛び込んだ。名をアサという。歳は十七にして、信州《しんしゅう》は松本《まつもと》の町奉行《まちぶぎょう》を父に持つ。故郷を出てから徒歩《かち》にて八日、長旅の果てにまず待ち受けていたのは筋違橋門《すじかいばしもん》だった。それから城下町を通り、一橋門《ひとつばしもん》をくぐって、すぐに平河門《ひらかわもん》。門を通るたび形ばかりの検問があり、次こそはと思えば、やはりまた門がある。

しかし、アサが道に迷うことはなかった。というのも、大勢の通行人が、皆揃って同じ方へ進んでいるのだ。流れに身を任せていれば、やがては城にたどり着く。誰に聞いたわけでもないのに、アサは自然とそう確信して、前を歩く人の背中を追うことにしたのだった。

御城の内廓《うちぐるわ》に入った後は、上下二つの梅林門《ばいりんもん》を通る。それから塀に沿ってまっすぐ歩くと、右手に御広敷門《おひろしきもん》が現れた。それをくぐるやいなや、アサの足が止まる。目の前に広がった光景に、思わず、小さな吐息が漏れた。

「やっと着いた――」

大奥。

それは、天子様と正室である御台様《みだいさま》の寝所である。諸役人が執務を行う表《おもて》、天子様が公務をなさる中奥《なかおく》と共に、御殿を分かつ三つ目の領分にして最奥。側室を含めた三千人もの奥女中が奉公するところ。

アサは今日、その三千の内の一人となるべく、ここへ来た。

ああ、ようやく。

つと言いようのない感慨が胸に押し寄せる。いや、誰だって、その堂々たる構えには驚くはずだ。蛇はこんなにも大きな屋敷を呑《の》み込んでいたのか、と。ややもすると、果てしがないかと思えるような道行こそ、終わりに現れる大奥の威光をいや増すべく、一役買っているのかもしれない。

そしてなにより、えらい人出だった。大奥の数少ない通用口の一つ、「七《なな》つ口《ぐち》」。普段は位の低い女中や下女の出入りに使われるほか、来客や商人しか訪れないと聞く。

しかし、今日に限っては、老若男女がひしめき合っていた。街道沿いの目抜き通りと見まがうほどの賑《にぎ》わいである。

「祝いの品はこっちで預かるから、順番に並んで！」

ふと、門番を務める若侍の太い声が聞こえた。アサはすぐに得心がいく。そうか、この賑わいの理由は大餅曳《おおもちひき》――御台様のご出産を祝う式事が近いためだ。

長らく御子《みこ》に恵まれなかった天子様に、ようやくできたお姫様。国中が喜び、贈り物が押し寄せるのも無理はない。

そして、今度はすぐそばで、溌剌《はつらつ》とした声が響いた。

「ここが大奥！」

見ると、華奢《きゃしゃ》な体には不釣り合いなほどたくさんの荷物を背負った娘が立っている。

新雪で磨いたような白い肌に、アサは自然と目を引かれた。

「くぅー、なんか高まるぅ！」

往来の目も気にせず、子供のように伸びをしている。その拍子に背中の荷物が落ちて、彼女は慌てて拾い上げた。アサも包みを一つ拾い、手渡す。

彼女は、ありがとう、と礼を返しつつも、気になるのはもっぱら包みの方らしい。

砂を払って、息をつく。

「よかった、崩れてない」

よほど大切なものだったのか。果たしてその中身は、と気を引かれていると、ふわん、とかぐわしい匂いが鼻先をくすぐる。甘くて、色っぽくて、香ばしい。これは——

「わかる？」

娘と目があって、頰がわずかに熱くなった。

「わからないけど、美味《おい》しいものかな」

アサは気恥ずかしさを誤魔化すように答える。すると、彼女は目を輝かせた。

「朴葉味噌《ほおばみそ》のおにぎりなんだ！　分けてあげよっか？」

「……いいの？」

アサが戸惑っている間に、彼女はさっそく包みを解《ほど》き、重箱に詰められていたおにぎりを一つ取り出していた。

「大奥でお世話になる方々に、って、おばあさまがいっぱい持たせてくださったの」

掌《てのひら》で受け取ると、ほんのりと温かい。アサは思わず、おにぎりの香りを胸いっぱいに吸い込んだ。顔を上げると再び彼女と目があう。

「わたしも今日から大奥勤めです。アサといいます」

「えっ、あなたも？　わたしは、カメっていいます！」

今度は二人で笑みを交わす。

すると不意に背後から、

「……なんとも、たまりませんね」

そんなつぶやきが聞こえた。

「味噌と朴葉の……焦げた匂いが」

囁《ささや》くようでいて、しかしこの雑踏の中でも妙に響く。慌てて振り向くと、立っていたのはやはり妙な男だった。

一見して、優に六尺はあろうかという美丈夫。成田屋《なりたや》の二枚目と並んでも引けを取らない端整な顔立ちをしている。ただ、どうにも美しすぎる。まるで、あまりによくできた人形を前にしているようで、どこか落ち着かない。

一方、そんなアサの当惑をよそに、カメは熱っぽい目で男を見つめ、

「あの、もしよければ、おひとつ……いかがです？」

「そりゃ、ありがたい」

男が微笑むと、カメの耳にさっと紅が差した。もはや、ひとつと言わず、全部渡し

てしまいそうな様子だ。

「あなたは、一体……」

何者なのか。アサが思い切って尋ねようと思ったその矢先、「おーい、そこの二人」と声がかかる。青髭《あおひげ》の侍が一人、こちらに向かって歩いてきた。

「おアサとおカメか？　前評判通りのべっぴんだなぁ」

彼はそばまでやってくると、改まった調子で挨拶《あいさつ》をする。

「広敷番《ひろしきばん》の坂下《さかした》だ。大奥の門番として、この七つ口を警護している」

アサはカメと共に「お世話になります」と頭を下げた。

すると、坂下がカメの背負う風呂敷《ふろしき》包みに目を留める。

「ここまで、よくぞ運んできたものだな。おカメはどこの出だ」

「伊豆《いず》です！」

カメはこともなげにそう言うが、箱根《はこね》の関を越えて運んできたとは、信じがたいほどの荷物だった。

「そうだ、坂下様、よかったら」

呆気《あっけ》にとられる坂下を差し置いて、カメは包みを一つ解いた。重箱の蓋《ふた》を開けると、再び朴葉味噌の香りが立ち上る。

「おお、なんと、かぐわしい」

坂下は鼻を鳴らしながら、ちらりとカメの顔を窺《うかが》った。

「わざわざ、わしのために……？」

カメはきょとんとしているが、アサはどう声をかけたものかわからない。坂下の期待に満ちた目に水を差すのも、何となく気が引ける。

しかし、機微を知ってか知らずか、そこにあの妙な男が割って入った。

「とっておきの惚《ほ》れ薬、ご用意しましょうか」

坂下は跳ねるように体を起こし、刀に手をかける。

「なんだお前は！」

「あっしは、只《ただ》のしがない薬売りでございます。お望みとあらば、どんな女子《おなご》もいちころの、エゲレス産の惚れ薬を」

「いらんいらん！　ったく、妙な輩《やから》だ。――いいか、おアサ、おカメ、こういうやつとは関わるなよ。ろくなことにならん」

しかし、坂下の言葉など馬耳東風、カメは相変わらず薬売りに見とれている。もしも薬売りが惚れ薬を使っているのだとしたら、効き目は間違いないだろう。

「二人とも、道草を食っている場合ではないな」

坂下に案内され、アサたちは七つ口の屋内に足を踏み入れた。すると、人の賑わいが輪をかけて増す。土間には御用商人が立ち並び、自慢の品を口八丁に売り込むが、柵《さく》を挟んで床に立つ奥女中たちは、抜け目ない表情で品定めをしている。籠《かご》いっぱいの野菜や反物、山と積まれた米俵が、次々と金子《きんす》に姿を変えていた。大餅曳の祝いの品も、七つ口中央に位置する番台で次々と検分されて奥に運ばれていく。また、訪れるのは商人に限らず、書状を携えた役人や、柵越しに奥女中と語らう侍の姿も見えた。

坂下は七つ口に入って右手にある大きな門の前までやってくると、

「念のため、手形を見せてくれ」

と言った。アサは将棋の駒のような木札を取り出したが、これがなければ何人たりとも大奥に立ち入ることはできないのだ。カメは風呂敷から探し出すのにしばらく手間取っていたが、坂下は何も言わずに待っていた。そこばかりは、なあなあにしないのだろう。

カメがようやく手形を出すと、坂下は頷《うなず》いた。

「この先は長局向《ながつぼねむき》だ。奥女中だけが入ることを許されている。最初が肝心だからな。うまくやるのだぞ」

そのまっすぐな励ましは、アサの胸にすっと届いた。なるほど、確かにこの方は大奥の門番にふさわしいのかもしれない。

「向こうでは淡島《あわしま》殿と麦谷《むぎたに》殿が待っている。先輩方には、失礼のないようにな」

「はい、さっそくご挨拶に行ってきます」

そう言ってアサが頭を下げる一方、カメは坂下に向かって無邪気に微笑みかけた。

「おにぎり、食べてくださいね」

途端、坂下は形無しである。素知らぬ顔で「ありがとよ」と返したつもりだろうが、彼の鼻の下は伸びきっていた。アサも苦笑するほかない。

と、その時、坂下の後ろを例の薬売りが通り過ぎる。

「おい、お前！」

「やはり……惚れ薬がご入用でしたか？」

「い、ら、ん！……よいか、大奥はお前のような者が来るところではない！　ここは天子様のために集められた、女だけの場所なのだ。無断で通ろうものなら、即刻打ち首だぞ！」

「ほう、それでは、お許しを」

「手形が必要だと言っておろう！　わしの一存で決まるものではない！」

「そこを、ひとつ」

「だから、できぬと何度言えば……」

いざとなればひっ捕らえることもできるのだろうが、薬売りののらりくらりとした雰囲気に、坂下の方もいまいち怒りきれないらしい。それからしばらく、通せ、通さぬの問答が続いた。

「坂下様、薬売りさん、また今度〜」

そんな二人に向けて、カメが手を振ると、坂下はまただらしのない顔で手を振り返す。すると薬売りに失笑され、坂下は茹蛸《ゆでだこ》のように顔を赤らめた。

「惚れ薬など、いらんからな！」

意外とあの二人、馬が合うのかもしれない。

アサがそんなことを思った時、不意に薬売りと目が合った。その瞬間、やはり妙な心地がする。七つ口がどこからか打ち寄せた静けさによって洗われ、音も色も香りも、全て持ち去られてしまったような。薬売りと自分が、ただ二人、空っぽの岸辺に立っているような。

アサは薬売りをまっすぐに見つめ返し、そして、ようやく思い至った。

あの人はわたしを見つめているのではない。

わたしを透かした向こう側を見ているのではないか。

「アサちゃん、行こう」

気づけば、アサはカメに手を握られていた。誰かに手を握られることが久しかったからか、あるいは薬売りのまなざしに動揺していたからか、アサはいやに胸が鳴る。

すると、遠ざかっていた七つ口の喧騒《けんそう》が、耳もとに戻ってきた。

アサはもう振り返らない。カメと共に、長局向へと繋《つな》がる門――果てしのない道のりの終わり、本当の本当に、最後の門をくぐったのだった。

これより先は、三千人の女たちが働き、暮らす大奥。

この国で一番大きな蛇の、腹の底である。

# 第一幕

七つ口から廊下をしばらく進むと、大きな池が広がる中庭に出た。カメは欄干から身を乗り出して声をあげる。

「本当に海みたい！」

口にこそしなかったが、内心、アサも同じことを考えていた。大奥を題材にしたどんな浮世絵にも、そこには決まって小さな海が描かれているものだ。まさか本当の海があるとは思っていなかったが、着物の裾《すそ》を波頭がくすぐる、というような話に、夢を膨らませていたのは確かだろう。実際、敷地のほとんどは池で占められ、奥女中たちの暮らす長屋、すなわち長局向の多くは、水上に建てられている。それは、アサが思い描いていた光景よりも、よほど御伽噺《おとぎばなし》めいて見えた。

それから、カメは大きく息を吸い込むと、

「いい匂い……」

とつぶやく。言われてみると、伽羅《きやら》の香りが周囲にうっすらと漂っていた。そのさりげなさに、まるでこの世は初めから、この甘美な香りに包まれていたような気さえしてくる。

「百五十年前、大奥が始まったときね、国中から集めた香木をぜーんぶ、池の中に放り込んじゃったんだって。だから、大奥ではいつも良い香りがするらしいの」

おばあさまが言ってた、とカメは言う。

「海から吹く風が、ずっとこんな香りだったらいいのに」

「磯の匂いは嫌い？」

「うーん、嫌いではないけど、こっちの方が高まるかなって」

「さっきも言ってたけど、なあに、それ、高まるって」

「え？　なんていうか……飛び跳ねたくなる感じ！　わたし、生きてるぞ！　って！」

カメはそう言って、にこりと笑う。屈託のないその笑顔に、アサは自然と肩の力が抜ける。思わずつられて笑ってしまった。

「……わたしも、高まってきた」

アサが言うと、カメはますます嬉《うれ》しそうに笑う。

と、そこに向こうから人がやってきた。

「おアサさん、おカメさん、こちらへ。皆さまが祭壇でお待ちです」

声をかけてきたのは、淡島の部屋方《へやがた》だった。案内されるがまま、二人は長局向へと繋がる太鼓橋の手前で中庭におり、池を右手に石畳を進んだ。祭壇、と呼ばれているのは、中庭の端に作られた広場のことらしい。目についたのは、そこに聳《そび》え立つ三角鳥居だった。

近づくと、鳥居が巨大な縦穴を囲んでいるとわかる。穴は、差し渡し七間ほどはあるだろうか。釣瓶《つるべ》があってようやく、それが大きな井戸とわかった。その周りには水の溜《た》められた桶《おけ》や水盤が無数に置かれている。

その大井戸の前に、二人の女中が立っていた。その背後には、年端も行かぬ姉妹らしき二人の少女が控えている。他の奥女中たちは列をなし、口をつぐんで座っていた。物々しい雰囲気の中、祭壇中央に座らされ、アサは思わず身構えてしまう。隣をちらりと窺うと、カメも唇が真っ青になっていた。

「ごきげんよう」

背の高い女中が挨拶《あいさつ》をすると、他の女中たちも一斉に「ごきげんよう」と唱和する。

それから、恰幅《かっぷく》の良い女中がにこりとして、場を和ませるように付け加えた。

「ごきげんよう。こちらは御次《おつぎ》の淡島様、わたくしは御広座敷《おひろざしき》頭の麦谷です」

「本日より、お世話になります、アサと申します」

「カメと申します。よろしくお願いいたします」

「二人とも、今日から頼みますよ」

はい、とアサとカメの声が重なる。背の高い女中──淡島は微笑み、静かに頷《うなず》いた。

やがて、二人の少女が水盤から柄杓《ひしゃく》で水を汲《く》み、しずしずと傍までやってくる。そして、アサたちの前に置かれていた三角形の枡《ます》に水を注ぎ入れた。

それに合わせて、淡島が口を開く。

「お飲みなさい。大奥をお守りくださっている御水様《おみずさま》の水です。大奥で生きる女は皆、毎朝、この水を飲みます。御水様のご加護を得て、いつでも天子様の御子《みこ》が産めるよう、備えるのです」

御水様、とはつまり安産の守り神なのか。アサは大奥にこのような習慣があるとは聞いたことがなかったが、かといって新人に嘘をついているわけでもないだろう。実際、周囲を取り囲む奥女中たちもまた、三角枡に入った水を飲み干している。

麦谷が催促をするように、小さくうなずく。アサはおずおずと枡を手に取った。そして、息を止めて一気に飲む。

水が喉《のど》を流れ落ちる瞬間、ぞわりとした。

誰かに見られている？

体の内をまさぐるようなまなざしを感じ、思わず周囲を見回すが、あの薬売りはいない。そもそも男子禁制の大奥に、男が立ち入れるはずはないのだけれど。

アサは気を落ち着かせるために深く息を吐き出した。顔を上げたところで、淡島が言う。

「それから、お勤めを始める前に、もう一つ」

やるべきことがあります、と。

麦谷はアサとカメの荷物を指し、

「家から持ってきたもののうち、とりわけ大切なものを、この井戸に捧《ささ》げましょう」

と微笑んだ。

アサとカメが呆気《あっけ》に取られていると、淡島が再び口を開く。

「わたし達は天子様に、身も、心も、捧げなければなりません。ここで、過去を断つのです」

そんな、と腰を浮かしたカメを、アサは引き留める。周囲の奥女中たちからは、訝《いぶか》しむような視線が向けられるのを感じた。

そこでカメは何を思ったか、突然風呂敷《ふろしき》を開くと、例の朴葉味噌のおにぎりが詰まった重箱を取り出した。

「あの……これはおばあさまが持たせてくれたものです。どうぞ皆さんで召し上がってください」

カメが重箱を近くの奥女中に渡す。すると、受け取った奥女中は、目もくれずにそれを隣に受け渡した。

「えっ」

重箱は次々に手渡され、やがては麦谷のもとへ。麦谷が淡島に箱の中身を見せると、淡島はそっとおにぎりを一つ取り出した。

「実に、よい香りです」

カメの顔が喜びに輝いたのも束の間、淡島はおにぎりを箱に戻してしまう。

「大切なもの、捨てがたいもの……それは天子様へ向けるべき想いの居所を奪っています。過去を断ち、あなた方の全てを捧げるのです。それが大奥に生きるということ。お勤めということです」

麦谷がおもむろに井戸の方へと近づいたかと思うと、箱ごとおにぎりを投げ捨てた。祭壇の井戸はどれほど深いのだろう。カメのおにぎりが水に落ちる音は聞こえない。

「これで、一つ覚悟が深まりましたね」

そう言う淡島に、カメは返事すらできないようだった。その目からは、みるみる涙があふれ出す。

淡島はそっとカメのもとに歩み寄ると、傍に置かれた荷物を見てため息を漏らした。

「こんなに沢山抱えていては、大奥ではやっていけませんよ」

アサは思わず、カメを庇《かば》うように顔を上げた。

「これは、本当に必要なことなのでしょうか」

すると、淡島は気分を害した様子もなく、

「ここにいる誰もが、通った道です」

と言う。アサは自分の風呂敷を開くと、中身を出して地面に広げた。着物とわずかな化粧道具のほかは、手ぬぐいと小銭、墨と紙、それから筆と硯《すずり》、それだけだった。

「わたしが大奥でのお役目を頂けたのは、幼い頃より手習いに励んだ成果だと父に言われました。今までの自分がなければ、ここにはおりません。この筆も硯も、どうして捨てることができましょうか」

「……あなた、随分立派なことをおっしゃるのね」

アサは淡島としばし見つめ合う。

と、不意に、アサはカメが井戸の前に立っていることに気づいた。カメは頭から櫛《くし》を抜き取るが、遠目にもそれは螺鈿《らでん》細工の上等な品だとわかる。カメは独り言のように言った。

「おばあさまが、くれたんです。わたしが大奥にお勤めに上がると言ったら、これを挿していきなさいって。嫁入り道具よ、って」

「カメちゃん！」

アサはとっさに立ち上がる。しかし、振り返ったカメの涙は、すでに乾いていた。

「アサちゃん、いいの。わたし……大奥で、上手《うま》くやっていかなくちゃならないし」

アサが、待って、と言った時には、カメは櫛を井戸に投げ捨てていた。

やがて、ぽちゃん、と。

なぜか、聞こえるはずのない水音が、カメの想いが沈む音が、アサの耳に届いたような気がした。

■

「――顕《あらわ》れた」

床几《しょうぎ》に腰掛けていた薬売りが、そうつぶやいた。

隣で薬売りの背負っていた行李《こうり》を眺めていた坂下は、ぎくりとする。

「なんだ、藪《やぶ》から棒に」

「これから……雨が降りますよ」

「なにを馬鹿な。今日は雲一つないだろうに」

坂下は一笑に付すが、微笑を浮かべる薬売りの言葉には、妙な迫力があった。

疑《うたぐ》りながらも、ちらりと門の外に目を向けると、ぽつり、ぽつり。

やがて、矢のように雨が降り注いで、商人たちが七つ口に駆け込んでくる。

雨の匂いを嗅《か》ぎつけたか、日和見《ひよりみ》から雲行きを聞き知っていたのか。いずれにせよ、実に胡散臭《うさんくさ》い。

「いったい、いつまで居座るつもりだ。この大奥に、お前のような、どこの馬の骨ともわからんやつから薬を買う者などおらんぞ」

「しかし、坂下殿は興味がおありの様子」

薬売りが横目に笑う。行李に気を取られていたことを、勘づいていたらしい。

「わしは門番として、怪しい輩《やから》の検分を――」

がたがたがたっ！

突然、薬売りの行李が揺れだした。危うく飛びだしそうになった悲鳴を堪《こら》え、坂下は刀の柄《つか》に手を添える。

「お前！　ここに何が入っている！」

生きた獣か、あるいは……人か。大奥の長い歴史において、商人の行李に隠れて男が忍び込んだという事例は少なくない。ゆえに、坂下が勤める広敷番は七つ口を通るあらゆる人、ものに目を光らせる必要がある。

しかし、坂下がいくらすごもうと、薬売りは眉《まゆ》一つ動かさなかった。やがて、ゆっくりと坂下を見つめ、こう言う。

「これは、あっしの……商売道具です」

■

祭壇に雨が降り注いだ。まるで、カメの代わりに空が泣いているようだと、アサは思う。

カメはしばらくの間、濡《ぬ》れるのもかまわず、櫛を捨てた井戸の中をじっと見つめていた。その背中にどんな言葉をかけたものか、アサは近寄ることさえできない。

「何をしている」

振り返ると、祭壇の下に二人の奥女中が立っていた。一目見て、御目見《おめみえ》以上の高位だとわかる。その佇《たたず》まいには、自信に裏打ちされた堂々たるものがあった。

周囲の女中たちだけではなく、あれほど尊大な立ち振る舞いをしていた淡島までもが、慌ててひれ伏す。

「歌山《うたやま》様！　いらっしゃったのですか！　おアサ、おカメ、こちらは総取締役、御年《おと》寄《より》の歌山様、そして御中﨟《おちゅうろう》の大友《おおとも》様です！」

御年寄とは、大奥全体を差配するお役目。いわば、奥女中の頂だ。一方、御中﨟は天子様や御台様の世話役だが、天子様と床を共にするという務めもある。ごく限られた者だけが天子様に見初められ選ばれる、奥女中三千人の憧《あこが》れ——とは、アサの母の弁だった。それはおおよそ母が隠れ読む戯《げ》作本《さくぼん》から得た知識だろうが、あながち間違っていないのだろう。周りに控える奥女中たちの中にも、歌山に畏《かしこ》まりながらも大友を盗み見ようとする者がちらほらといる。

本日よりお世話になります、とアサとカメが挨拶《あいさつ》をすると、それを遮るように、大友が一歩前に出た。

「淡島さん、随分熱心に指導されていたようですね」

茶化すような響きに、淡島が顔を赤らめる。

「お勤めのための心構えができていないようでしたので……」

「身を捧《ささ》げる覚悟はできています」

今度は淡島を遮るように、アサが口を挟む。言った後で、自分が思っていた以上に腹を立てていることに気づいた。自分がどう思われようとかまわないが、あのカメの涙を思い出すと、うなじがぎゅっと熱くなる。淡島にどれほど睨《にら》まれようが、引き下がる気はないぞ、と唇を噛《か》んだ。

しかし、そこでアサを咎《とが》めたのは歌山だった。

「大奥はわたしたちの想いを満たす場ではない」

「……どういうことでしょう」

「己の不満を人にぶつけるだけなら、赤子にもできよう。お前はただ、甘えているに過ぎぬ」

再びアサのうなじが熱くなる。しかし、此度《こたび》は恥ずかしさも相まっていた。

「歌山様に口答えをするなど！」

と、たちまち鬼の首を取ったような声を上げる淡島。しかし、歌山はそれも制して続けた。

「自分の筋を通す前に、大奥に貢献してみせよ。お前もわたしも、そのためにいる」

「……はい」

そして、妙なことを言った。

「役目を全《まっと》うするうち、いずれ高くから見えるようになる。手放すことも苦ではなくなるだろう」

手放す？　と聞き返しそうになって、アサはなんとか口をつぐむ。歌山はその様子を見て、かすかに口の端を上げたように見えた。

「歌山様、参りましょう。表のお目付け役の方々を、あまりお待たせするわけにはまいりません」

大友にうながされると、歌山は踵《きびす》を返し、長局向の方に去っていった。

その背中を目で追っていると、不意に、アサの頭上に傘が差しかけられる。振り向くと、すぐ後ろにカメが立っていた。

「傘まで持ってきたの？」

アサが苦笑すると、カメは「うん」と恥ずかしそうに笑い返した。そして、アサにだけ聞こえるような声で、「ありがとね」と言う。

「わたしは……」

アサは続く言葉が見つからなかった。お礼なんて、言われるようなことはしていない。歌山の言う通り、自分はただ我慢ができなかっただけなのに。

「これから、一緒にがんばろうね」

カメの無邪気な笑みが、かえって胸に刺さる。アサはかろうじて頷《うなず》き返すことしかできなかった。

■

七つ口では、いつの間にか薬売りの行李《こうり》が揺れるのを止めていた。しばらくは坂下も気を張っていたが、一向に変化がない。薬売りも、さきほど見せた妖《あや》しげな口ぶりはどこへやら、

「ところで坂下殿、この賑《にぎ》わいは何のお祝いで？」

などと尋ねてくる。

この際、無視してもよかったのだろうが、坂下はどうにも気がはばかられた。こんな輩《やから》から目を離すわけにもいかない、と自分に言い聞かせ、仕方なく言葉を返す。

「……なんだ、大餅曳《おおもちひき》のことも知らずに来たのか」

「あっしはただ、儲《もう》け話の匂いがしたもので」

まあ、それは間違ってはおらんが、と言いかけて坂下は慌てて咳《せき》ばらいをする。

「いや、つまりだな、御台様が天子様の御子《みこ》を出産されたのだ。そのお祝いを兼ねた、

ありがたーい祭りだ」

「餅曳と言えば、ご出産の前に行うものでは」

「お前、それは……いろいろあったのだよ……」

口ごもる坂下に、薬売りの目がちらりと光る。

「いろいろ、とは」

「お前のような余所者《よそもの》に、話すと思うか！」

がたがたっ！

「うわっ」

だしぬけに行李が揺れ、坂下は思わず情けない声を上げた。行李はすぐ静かになるが、完全に出ばなをくじかれた感がある。

「余所者に言える限りのことを、ぜひに」

「……お前はここで油を売ってばかりでいいのか」

坂下は何とか矛先を変えようと試みたが、薬売りはにやりと笑い、

「まだ、その時では、ありませんので」

その顔には、答えなければ、ここから動かぬ、と書いてある。

坂下は一つ大きなため息を吐き出すと、降参した。

「わしが知っているのは、下らぬ噂だ」

「ほほう」

「餅曳の準備をしているときに、見たという者がおったのだ。その……幽霊を」

どこからか、かちり、と何かが歯を鳴らす音が聞こえた。

■

――わたしたち奥女中は、例外なく長局向で寝食いたします。ただし、その職位の上下によって、与えられた部屋には違いがあるのです。右手に見えるのが四《よん》の側《かわ》と呼ばれる区画です。ここは狭い上に相部屋で、新人女中のような最も位の低い者に与えられています。位が上がるにつれて、その隣の三《さん》の側、二《に》の側と部屋が広くなり、左端の一《いち》の側は一人に対して、六、七間、七十畳ほどの部屋を与えられているのです。

――そりゃあ、随分な格差だね。

――当然のことです。お役目の軽重に依《よ》るものですから。四の側に住まう女中は、言ってしまえば替えのきくお勤め。実際、数年でここを去る者も少なくありません。対して一の側は、御年寄である歌山様のような方のためのものです。大奥になくてはならない方々のお部屋なのです。

――ふむ。それで、君は？

――はい？

――君は、どこで寝てるのかな、とね。よかったら、この後、部屋でお茶でも。

「おい、平基《ひらもと》」

時田《ときた》三郎丸《さぶろうまる》はさすがに黙っていられなかった。

「ここはとっくに大奥の中だ。控えろ」

案内役の女中までからかうとは。嵯峨《さが》平基、この男は女とみれば手当たり次第に声をかける。三郎丸とは同い年の腐れ縁で、何の因果か此度の仕事まで一緒になってしまった。老中《ろうじゅう》を中心に、諸大名からなる政《まつりごと》の場――すなわち表より遣わされ、大奥に探りを入れるお目付け役。一世一代の大仕事を、平基と共に任されたのだ。この成果如何《いかん》では、栄達の道も開けようというもの。はっきり言って、好色な相棒の介添えなど御免こうむりたかった。お偉方も、女ばかりの大奥にこのような男を送り込むとは、一体どういう魂胆なのか。

ぶつぶつと不平を漏らす三郎丸に対し、平基は耳もとに顔を近づけると、囁《ささや》いた。

「もう少し力を抜いたらどうだ。行くところ行くところ、そんなに硬くなっていては、最後まで持たないぞ？」

「……！」

三郎丸は危うく手が出かかるが、平基は気にも留めない。今度は庭の方を見つめて言う。

「ちょっと待て、三郎丸、美女の気配がする。あの二人、いい感じではないか？」

嘆息交じりに三郎丸も目をやった。すると、中庭の祭壇で、傘もささずに二人の娘が立っていた。娘の一人が相対しているのは……

「あれは、歌山殿だな」

平基がつぶやく。まさに、これから我々が会おうという相手だ。大奥における総取締役、そんな相手を前に、娘はひるまず何かを問うているようだった。

『中々面白い娘だ、どれ、一つ部屋に遊びに行くとするか』

平基が眉間《みけん》に皺《しわ》をよせ、そう言って腕組みをする。つまり、これは三郎丸の猿真似だった。

「……これ以上ふざけるなら、貴様の通行手形を放り投げるぞ」

「おお、恐ろしし。どうか、ご勘弁を」

そうして、下らぬやりとりをしているうちに、案内役の女中が足を止めた。

「お部屋はこちらになりますが、歌山様はまもなくいらっしゃいますので……」

と聞くが早いか、三郎丸は襖《ふすま》を開き、部屋に立ち入る。

なるほど、説明通りの広さだった。間口はそれほど広くないが、うなぎの寝床のように奥へと続いている。三郎丸は部屋のしつらえを眺めながら上段に上がり、それから歌山が使っているであろう文机《ふづくえ》の前にどっかと腰を下ろした。

「そこは歌山様の席にございます！」

女中が悲鳴のような声を上げるが、三郎丸は取り合わない。平基も下座に腰を下ろし、口を開かなかった。居ずまいを正して、にこりともしない。

しばらくすると、ようやく待ち人が現れた。歌山は御中﨟の大友を引き連れ、部屋に入ってくる。女中を下がらせると、歌山はごく自然に下座へとついた。

「お待たせしてしまいましたかな」

第一声も、実に落ち着いていた。三郎丸が一瞬平基に目をやると、小さな頷きが返ってくる。三郎丸は歌山の方に向き直り、言った。

「表より参った、時田三郎丸と申す。こちらは嵯峨平基」

それから一拍を置いて、値踏みするような視線を隠すことなく、こう続ける。

「ふた月前、『大餅曳《おおもちひき》』が延期になったな。その理由を聞きに来た」

すると、歌山はぴくりとも表情を変えずに、

「報告書にある通りでございます」

「準備不足のため、だけではわからんだろう」

「わたしの力が至らず、申し訳ございません」

歌山は深々と頭を下げる。三郎丸はその平身低頭に虚を突かれるが、代わりに平基が口を開いた。

「御台所は出産に苦労されたとのこと、憔悴《しょうすい》しきっておられると伺った。それは、餅曳の儀が行えなかったからではないかという声もある」

「心得ております。ゆえに異例ではありますが、ご出産後に執り行うことにいたしました」

「では、疑いは晴れたと」

「おっしゃっている意味が、わかりません」

「いや、噂を小耳にはさんだもので。どうも、幽霊が出た、とか」

そう言って、平基はじっと歌山を見つめた。しかし、歌山は「幽霊、ですか」と曖昧《あいまい》に微笑むばかり。平基は視線を外すことなく、続ける。

「こちらも、まさか信じちゃいない。ただ、物が無ければ影ささず、とも言う。そん

な噂が立つということは、つまり、よからぬことがあったのでは、と」

「正体見たり枯れ尾花、とも言いましょう。つまらぬことを騒ぎ立てるのは、人の性《さが》にございます」

平基が唸《うな》る。しかしだな、と粘ろうとするが、その一瞬の躊躇《ためら》いを衝《つ》いて、歌山が言った。

「この件は、老中大友様に報告の上、大奥の中だけで処理するように言付かっております」

「大友様だと？」

寝耳に水である。さすがに平基も苦り切った顔をしていた。

そして、それまで息を潜めていた大友が、張り付けたような笑みを浮かべ、割って入った。

「大友家から大奥に出ております、ボタンと申します。父からは、時田様、嵯峨様に、どうぞよろしく、と」

三郎丸は平基と目を合わせる。これはどういうことか。自分たちに下った沙汰《さた》は、まさに老中から命じられたものとばかり思っていた。しかし、老中筆頭である大友は大奥の側《がわ》に付いているのか。あるいは、この大友ボタンのでまかせか。三郎丸は様々な疑念が浮かんでは消え、そのたびにじっとりとした汗が背中に滲《にじ》むのを感じた。

一方、平基は強い調子を崩さず、歌山を睨《にら》む。

「我々の務めは、大奥を監督することだ。間違いがあれば、正さねばならん」

「正す…？　大奥は天子様のものです。分をわきまえられよ」

それまで柔和だったまなざしが、不意に張り詰めた。まるで、談笑の最中、突然刀を抜いたかのようで、これには平基も言葉を失うほかない。

とはいえ、三郎丸の判断は速かった。息をふぅと吐き出すと、

「申し訳ない。言葉が過ぎた。しかし、我々は大餅曳がつつがなく執り行われるか見届けるよう、表より遣わされている。それは大友様からも聞いておろう」

「無論です。しかし下世話な詮索《せんさく》も、女中にむやみに声をかけることもお控えいただきたい」

歌山の目が平基に釘《くぎ》を刺している。

「ここは男子禁制の大奥。務めとはいえ、定めを破れば、誰であれ処罰されるのです」

平基は首をすくめるしかないようだった。三郎丸は代わりに頷《うなず》き、

「肝に銘じよう」

と言って立ち上がった。歌山はすかさず「案内を呼びましょうか」と尋ねてくるが、

三郎丸は首を横に振る。

「結構。すでに我々の部屋は教えてもらった。寄り道をせずに帰ると約束しよう」
■

二人の侍が部屋を出た後、歌山はゆっくりと立ち上がり、自分の席についた。すると、堪《こら》えていたものが爆発したかのように、大友が声を上げる。

「なんという方々！　上座に胡坐《あぐら》をかいた上に、あの物言い。いくらお目付け役とはいえ、許されることではありませんよ！」

そう言われて、歌山は寸前のやり取りを反芻《はんすう》し、思わずふっと笑みをこぼした。

「かわいいものではないか」

「かわいい……？」

「あれは彼らなりの虚勢だ。時田殿は根の真面目さが隠せていない。嵯峨殿の方が器用だが、器用な人間ほど、図々《ずうずう》しいふるまいには嘘が出る」

大友は歌山の言葉が信じられないのか、しばらく唖然《あぜん》としていた。やがて、振り上げたこぶしをどこへ下ろしたらよいのやら、という様子で、大きなため息を漏らす。

「しかし、なぜそんなことを」

「こちらの出方を見たかったのだろう。威圧して我々が震えあがるとは、さすがに思ってはいまい。あるいは、自分たちには強く出るほどの後ろ盾がある、という風に見せたかったのかもしれぬが……その点は、そなたの方が一枚上手だったな。老中大友様から言伝《ことづて》などと、よくもまあ平然と嘘を吐く。彼らには、だいぶ効いていた」

「嘘ではありませんよ。あの方々が何かするようなら、お父様に出ていただきます」

その言い草に、歌山はほう、と少し気を引かれる。

「随分と高く買っているようだな。彼らにもできることがあると？」

「時田殿は、御中﨟のおフキさまの弟です。時田家は、今、勢いがありますから」

「何も変わらぬよ。我々は粛々と餅曳の準備を進めるだけだ」

「しかし、変に頑張られて、余計なことをされては困るでしょう。大友家のわたくしとしても、大友家の庇護《ひご》下にいらっしゃる歌山様におかれましても」

含みのある言い方に、歌山は内心辟易とする。若さゆえか、この娘も、あの侍たちと変わらない。少しでも相手の上に立つことに必死なのだ。

しかし、歌山は呆《あき》れなどおくびにも出さず、こう返した。

「彼らには、仕事をした気になってもらおうか」

案内役を付けて大奥を回らせれば、それで気も済むだろう、と。すると大友は言う。

「あの二人に丸め込まれないような者を付けませんと。大奥を裏切ることのない者を」

「確かにな」

歌山はそう言ってふと立ち上がり、廊下に面した襖《ふすま》を開いた。

「歌山様……？」

中庭には、相変わらず雨が降り続いている。ひと気のなくなった祭壇をひとしきり眺めると、歌山は振り向き、大友に告げた。

「案内役は、既にもう決めてある」

■

祭壇での儀礼が終わった後、アサとカメは長局向をぐるりとめぐった。先導する麦谷は最低限の説明をするだけで、どんどんと先に進んでいく。こちらは歌山様や大友様のお部屋がある一の側です。こちらは淡島様のお部屋がある二の側、次は……。

しかし、アサの頭でひたすら渦巻いていたのは、後悔の念だった。つまり、淡島や麦谷に盾突いたことは果たして正しかったのだろうか、という思いである。

カメを思っての抗弁とはいえ、かえって彼女を悪目立ちする立場に追い込んでしまったのではないか。カメはむしろ、しきたりにきちんと従っていた。自分の口答えが不要な波風を立たせた、と言うこともできるだろう。

大奥はわたしたちの想いを満たす場ではない。

歌山の言葉を反芻するたびに、アサは腹の底がちかちかと燃えるような心地がする。

隣を歩くカメは、周囲をしきりに見回していた。その様子は、あたかも初めて縁日の祭りに連れてこられた少女のようで、行き交う女中たちに忍び笑いされるほどだった。挙句の果てには、

「ねぇ、奥女中の方々がたくさんいる！」

と、アサに耳打ちをする始末。

「カメちゃんも、その一人でしょ」

アサが小声でそう返すと、カメは「高まる〜！」と言って、ますます目を輝かせるのだ。

しかし、長局向の中心を貫く大廊下に差し掛かった時、不意にカメが立ち止まった。表情も強張《こわば》り、一点を見つめたまま動かなくなる。

その視線の先にあったのは、ひときわ美しい打掛に身を包み、こちらに向かってく

る三人の女中たちだった。

麦谷もそれに気づくと、

「御中﨟の方々です。道をお譲りするように」

と言って廊下の端に下がる。

アサは黙って麦谷に倣うが、カメは雷に打たれたように廊下の真ん中に立ったままだった。

「あれが……」

「おカメさん！」

麦谷が声を低めて咎《とが》めると、ようやくカメも我に返ったらしい。慌てて道を空ける。

御中﨟の三人が近づくと、大奥全体に漂っていた例の甘い香りがぐっと強くなる気がした。周りの女中たちに聞かせるつもりなのか、一人の御中﨟が良く通る声で言う。

「天子様は、もうおフキ様にしかご興味のない様子。大友様も、夜伽《よとぎ》にはご縁がないようですから、時田家の勢いは増すばかり」

すると、今度はもう一人が、

「わたしたちも、おフキ様を引き立てる添え花のよう。気まぐれに、摘んでいただきたいものです」

と応《こた》える。そして、最後に聞こえたのは、一際自信に満ちた声音だった。

「天子様はまだ蕾《つぼみ》の頃のわたくしに声をかけられました。皆さま方にもきっと――」

おや、どうしたことか。不意に、御中臈の言葉が途切れた。顔を伏せたままのアサには、御中臈が目の前で足を止めたということしかわからない。

しかし、すぐにその理由はわかった。

「おフキ様……ごきげんよう。なんと、お美しい……」

隣からカメの声が聞こえたのだ。横目で様子を窺《うかが》うと、彼女は駆け寄るのを必死に我慢しているというような風情で、じっと御中臈を見つめているではないか。

「ふふふ。ごきげんよう、新人さんかしら」

「はい、カメと申します！」

「これから、お勤めに励んでくださいな」

はい！　と、カメの口から飛び出したのは、大奥中に響き渡る大きな返事。アサはカメの袖《そで》を引っ張るが、彼女はますます前のめりになっていた。

フキたちはそれからまた揃って歩み去っていく。カメはその背中をうっとりと見送っていたが、やがて麦谷の怒りに満ちたまなざしに気付いたのだろう。遅まきながら頭を下げたものの、敬意を示す相手は遠く離れていた。入れ替わりに麦谷がむっくりと頭を上げ、カメを睨《にら》む。が、結局何を言うこともなく、彼女は歩き出した。

アサは頭を下げたままのカメの肩に触れ、

「もう大丈夫だよ」

と知らせる。顔を上げたカメはさすがにしおらしい表情をしているかと思いきや、

「わたし、御中﨟様と、お話ししちゃった！」

と弾《はじ》けるような笑顔を見せた。アサは苦笑するしかない。

その時だった。不意に、うなじに冷たい水が滴った気がして、思わずぶるりと身震いする。ところが、手で首の後ろを探ってみると、濡《ぬ》れていない。

アサはそれから、廊下の離れたところに、濡れそぼった女中を見た。傘もささずに雨に打たれていたような様子。何事かと目をこらしていると、

「アサちゃん」

と、カメに呼びかけられた。その拍子に視線を外し、再び目をやった時には、女中の姿はなくなっていた。その代わり、どこからか手毬《てまり》が一つ、ぽーんと落ちてきて、廊下で跳ねると見えなくなる。

アサは言葉を失い、カメに手を引かれてようやく、自分がこぶしを強く握りしめていたことに気づく。行こうよ、と言うカメに気の抜けた返事をし、歩き出したが、頭

の中には相変わらず濡れた女と手毬の影が焼き付いていた。

しばらくしてアサはふと思い立ち、袂《たもと》から帳面と矢立を取り出した。御次淡島様、御広座敷頭麦谷様、御年寄歌山様、御中﨟大友様、御中﨟おフキ様。大奥に来てから出会った方々の名前を書きつける。もとより頭には入っていたが、こうしてなじみの筆、なじみの帳面を手にして文字を書き連ねていると、段々と心が鎮まってくる。

すると、カメが横から帳面を覗《のぞ》き込んできた。

「アサちゃん、字が上手なのね」

アサが微笑み返すと、カメの表情にも安堵《あんど》がにじむ。

カメちゃんは、あの人、見えた？

そんな質問が喉元《のどもと》まで出かかるが、アサが口を開くよりも先に、麦谷の声が廊下に響いた。

「ここが、あなた方の部屋になります」

気づけば、アサたちは大奥の端に来ていた。四の側、と呼ばれる棟である。目の前にある長屋の趣は、途中で見てきたものよりも質素で、アサは内心ほっとする。障子戸を開くと、そこは小さな土間になっており、竈《かま》が二つと、その隣に大きな水瓶《みずがめ》。他の調度品も、アサの家とほとんど変わらない。

麦谷は中に入ろうとはせず、廊下に立ったまま言った。

「二人の身分は御仲居《おなかい》となるので、寝泊まりはここの二階になります。あなたたちの最初の仕事は、日の出前に朝餉《あさげ》の用意をすることです。まずは四の側の五十人分の用意をしてもらいます。慣れたら百人分まで増やすので、そのつもりで」

「百人も……」

カメが思わず不安を漏らすが、麦谷の耳はそれを聞き逃さない。麦谷の口から叱責《しっせき》が飛び出す前に、アサは口を開いた。

「御仲居のお役目をいただくには、はじめに料理の腕を見ていただく必要があると聞いたことがありますが」

すると、麦谷はちらりとアサの方を見て、眉間《みけん》に皺《しわ》を寄せる。

「采配《さいはい》に、ご不満でも？」

「いえ、どんなお役目も務める所存ですが、大奥では色々なしきたりを重んじていると、先ほど教えていただきましたので」

「……ちょうど、他に人手の足りぬお役目がなかったのです。もしも、お務めを十分に果たせぬようなら、大奥を去っていただきます」

「承知いたしました」

アサがすました顔で応えると、麦谷は小さく鼻を鳴らした。

「まずは奥女中としてふさわしい恰好《かっこう》にお着がえなさい。服は二階に用意してあります。準備が終わったら、左隣の部屋に来るように。御仲居の先輩女中を待たせておきます。お務めについては、その者に尋ねるように」

麦谷はそう言って立ち去ろうとするが、何を思ったかカメがそれを呼び止める。

「あの、麦谷様」

麦谷は立ち止まり、逡巡《しゅんじゅん》の後に振り返った。

「何ですか」

「御鈴《おすず》廊下に行っても、よろしいでしょうか……」

カメを見つめる麦谷は唖然《あぜん》としていたが、やがて張り付けたような笑みを浮かべる。

「……どうしてかしら？」

麦谷の声音がひどく優しいことが、かえって彼女が押し殺す苛立《いらだ》ちを感じさせる。

しかし、カメはそれに気づかず、こう続けた。

「あの、天子様とお会いできるのは、御鈴廊下だけと聞いていたので」

「……おカメさん、天子様に御目見できるのは、御広座敷頭よりも上のお役目をいただいた方です。まずは自分のお務めに励みなさい」

「承知……いたしました……」

頭を下げるカメの横顔には、明らかな落胆の色が見える。その上、麦谷はわざとらしく、「あ、そういえば」と言って付け足した。

「お二人のお家は旗本ではありませんよねぇ。そうなると、出世したところで、よくて御末頭《おすえがしら》。その上の御三之間《おさんのま》に上がることのできる者は滅多におりませんよ。御広座敷頭は、そのまた上になりますから……」

「そんな」

カメの声音には悲痛な響きがある。麦谷は終始笑みを崩すことなく、「では」と言って立ち去った。

アサは自分たちに割り当てられた二階の部屋に向かうが、つとカメに袖を引かれた。見れば、その顔はすっかり青ざめている。

「どうしよう、アサちゃん……わたし、天子様にお会いできないのかな……」

アサは首を横に振る。

「麦谷様は激励してくださったの。難しくても、高い位についた人が全くいないわけじゃないでしょう。頑張れば、きっと大丈夫」

「でも、わたし、料理とかしたことない」

「先輩に教えてもらえるし、わたしも少しは経験があるから」

心配しないで、と微笑みかけると、カメはなぜか顔を曇らせた。

「アサちゃん……お料理もできるの？」

「え？」

「字もすごく上手だから」

「苦手なこともたくさんあるよ」

「たとえば？」

「えっと……髪結い、とか」

「わたし、それは得意！」

「じゃあ、わたしはカメちゃんに料理を教えるから、カメちゃんは髪結いを教えて？」

「わかった！」

カメはそう言って、今度は一足先に二階へと続く階段に足をかける。その跳ねるような足取りを追いながら、アサは胸の奥で、何かがちくり、と疼《うず》くのを感じた。

■

どおん、どおん。

七つ口に西日が射しこむ頃、刻を告げる太鼓の音が響いた。その名の通り、七つ口は夕方七つを門限とする。以降、翌朝の五つまで、何人たりともここを通ることはできない。

広敷番たちが閉門の準備を始めると、御用商人たちは慌てて帰り支度をする。並べていた品物を風呂敷《ふろしき》にまとめ、取引相手の部屋方にひょいと頭を下げて門の外へ。

坂下は番台の前に立ち、終始目を光らせていた。大奥の門番として、お勤めの終わりは気が抜けない。ここ数日は祝いの品を献上するため、普段よりも人出が多いのだ。どさくさに紛れて大奥に忍び込む輩《やから》がいるかもしれない。

そういえば、と坂下は辺りに目をやる。

あの男はどこに行ったのか。近くに姿が見つからない。

薬売りは初めこそ大奥の中に入ろうとしたが、あとは床几《しょうぎ》に座って世間話をするばかりだった。傾《かぶ》いた出《い》で立ちを珍しがって奥女中たちが話しかけても、口上の一つも返さない。坂下も、ずっと張り付いているわけにはいかず、しばらく目を離していたのだった。

時折見せた怪しげな立ち振る舞いも、所詮《しょせん》は狂言か——と、鼻で笑ったその時、門の外にふと目が留まる。

門番の木村《きむら》が七つ口の前にある井戸の傍で、誰かと話している。……間違いない。やつだ。

気を取られて見つめていると、薬売りと目が合った。坂下はぎくりとして見張りに戻ったが、最後の商人が立ち去った頃、木村がふらりと近づいてきた。

「坂下様、あいつは何者です」

「……何のことだ」

「妙な恰好の薬売りですよ。まあ、本当に薬を売っているのか怪しいもんですが」

「わしが……知るわけなかろう」

「おや？　昼間、あいつとお話をしていらっしゃったような」

「き、気のせいだ！」

無駄口を叩《たた》いていないで詰所に戻れ、と坂下は素っ気なく会話を打ち切り、その場を立ち去ろうとする。

しかし、木村に慌てて呼び止められた。

「言伝《ことづて》がありまして！」

「……最初からそう言わんか」

木村は、意味はよくわからないんですが、と前置きをしながら、こう言った。

『じきに、見えますよ』と」

ぴちゃん。

坂下は突然、冷や水を背中にかけられたような気がして、振り返る。無論、そこにはひと気のない七つ口があるだけ。

まさか。いや、まさか。

妖《あや》しい行商の言葉など、真に受けてどうするのか。

「わしにも、何のことかわからんな」

坂下は自分に言い聞かせるようにそう答える。

「坂下様」

「……まだあるのか」

いい加減にしろ、と言いかけたところで、木村が自分の肩口をじっと見つめていることに気が付いた。

「肩が濡《ぬ》れてますよ。一雨降られたみたいだ」

■

三郎丸と平基に与えられたのは、七つ口のすぐ傍、広敷番の詰所の近くにある一部屋だった。使われる機会は多くないのか、障子や襖《ふすま》といった造作はどれも新品同様で、畳からは青々とした匂いがぷんと立ち上ってくる。

閉門を知らせる太鼓の音が聞こえる頃、部屋には夕餉《ゆうげ》が運ばれてきた。鯛《たい》の白焼きに、胡桃《くるみ》の寄せもの、豆腐の卵とじ。雉肉《きじにく》の団子汁には、木の芽が吸い口として添えてある。どれも湯気が立っていて、出来立てを供されているらしい。その上、酒までついてくるのだから、まるでちょっとした宴席に出たような気分だった。

三郎丸がそれを黙々と食べ始めると、平基はすぐに「飲まぬのか」と咎《とが》めてくる。

当人は手始めにぐいっと盃《さかずき》を干し、すぐに二杯目を注いでいた。

「この務めが終わるまでは飲まぬ」

「つまらん男だなぁ」

「馬鹿にされているとは思わんのか。あれほどの無礼を働いた我らに酒まで馳走するんだ。軽く見られたものだろう」

平基は昼間の歌山とのやり取りを思い出したのか、顔をしかめた。

「所詮、あの程度の鎌にはかからんということだろう。大奥御年寄は、日ごろ老中のお偉方と腹の探り合いをしている。青二才の挑発なんぞ、かゆくもあるまい」

するとと今度は三郎丸が箸《はし》を止め、顔をしかめる番だった。

「……そうとわかっていたなら、なぜあんな出方をした。お前の一計ではないか」

歌山との挨拶《あいさつ》は、いっそ怒らせる腹積もりで。そうすれば、大奥も思わず口が緩み、腹の内を見せるだろう、と。それがもとより勝算のない策だったというのは話が違う。

平基は酒盃《しゅはい》を傾けながらも、至極真面目な顔付きでこう言った。

「無駄にはならんだろう。相手がどんな素人でも、刀を振り上げていれば無視はできない。まして泣き所があるのなら、そこをかばおうとする」

「回りくどい」

「大奥にあえて警戒させ、その動きから隠したいものを探る、ということだよ」

「一つ間違えば、本当に斬られるところだぞ」

「それがどうした。ここが敵地であることは、百も承知だろうに」

平然と言う平基に、三郎丸は返す言葉が見つからない。

「まあ、な」

よく動く舌が酒でますます勢いづいているのか、平基の口は止まらなかった。

「表の諸大名の狙いは歌山殿の力を削《そ》ぐことにある。たとえ大奥の隠し事を暴けずとも、我らが殺されでもしたら、十分な交渉の手札となるだろうよ」

「我らは体のいい斥候……いや、贄《にえ》ではないか」

皮肉をこめて言ったつもりが、平基は素直に、そういうことだ、と頷《うなず》いた。

「しかし、幸いにも懐には飛び込めた。生きて帰れば、上からの覚えもめでたかろう。老中大友様のお考えはわからんが、本当に探りを入れたくなければ、我らに命が下ることもあるまい。ボタン殿のはったりかもしれん。気にすることはないだろう」

平基はそう言って、また勢いよく盃を干す。この男、時に軽薄が過ぎることもあるが、やはりこういうことには鼻が利くらしい。娘が天子様から受ける寵愛《ちょうあい》を頼りに、商家から武家に成り上がった時田家と異なり、嵯峨家は何代も続く譜代の家柄。政《まつりごと》の世に揉《も》まれた経験が違うのだろう。

三郎丸はそれから、ふと疑問を口にした。

「歌山殿は、なぜ表に嫌われているのだろう。見たところ、大奥を見事に取り仕切っているようだが」

「だからこそ、ではないか」

平基がそう言って、すっと目を細めた。

「もともと、表と大奥は表裏一体。奥女中の根回しによって、大名たちの力関係が保たれてきた。ともすれば、大奥が表にとっての軛《くびき》となることもある」

「……歌山殿は大奥を守ろうとするあまり、変化を求める表の意向を拒んでいる、と」

「お堅い時田家の跡取り様も、ようやく呑《の》み込めてきたな」

平基がそう言って、にやりとする。

確かに、大奥は天子様の世継ぎを産むためだけの場所ではない。女中が天子様の寵愛を受ければ、その家柄の繁栄は約束され、表の政も左右される。そのことは、三郎丸自身、人よりもわかっているつもりだった。御中﨟の姉がいなければ、自分がこのような任を受けることもなかっただろう。

平基は空になった徳利《とっくり》から、最後の一滴を盃に落とした。

「まあ、表の方々の気持ちも、わからんでもない――」

と、その時だった。三郎丸は部屋の外で何かが動く気配を感じる。

気付けば、平基は既に盃を置き、刀に手をかけていた。外の誰かに気取られぬよう、声音はそのまま話を続ける。

「歌山殿は気に食わん。自分が世を動かしているとでも思っていそうな、あの面構えが特にな」

三郎丸もまた刀を取り、気配のする襖の方へとすり足で近づく。平基は一息で襖を開けられるよう、配置についた。

三郎丸は鯉口を切り、いつでも刀を抜ける姿勢になる。平基と無言で合図を取った。
三、二、一――……
襖が開け放たれる。が、そこに人影はない。

かわりに、ぴちゃん、と水音がした。

雨漏りかと思いきや、近くの畳はどこも乾いている。天井裏の見えぬところに、雫《しずく》が落ちているのか。

三郎丸は襖を閉め、何事もなかったように、平基との会話を再開した。

「歌山殿は大奥で長く力を持ちすぎたのかもしれん。ふた月前、餅曳《もちひき》が延期されたのも、何かあるはずだ」

そして、自分の御膳《おぜん》の前に腰を下ろし、深いため息を漏らした。

「今回の務めは、思っていたより難儀なようだ」

平基もまた警戒を解いて席に戻り、二本目の徳利に手を付ける。

「役得は綺麗《きれい》なおなごを眺められることだな。お主も、大好きな姉上に会えて――」

と、平基の軽口を遮るように、今度は突然、ざざあっと激しい雨音が響いた。
しかもそれは一瞬のことで、すぐさま部屋は静寂に包まれる。三郎丸と平基は、どこか狐につままれたような心地で、互いを見合った。

■

すでに日はとっぷりと暮れていた。部屋の行灯《あんどん》も明かりを落とし、アサはカメと横並びで床に就く。あとは目を閉じ、眠るだけ。明日は日の出より早く起きて朝餉《あさげ》の用意をしなければならない。

しかし、そうとわかっていても、やはり眠ることなどできるはずもなかった。落ち着いて今日一日を反芻《はんすう》できるようになってようやく、胸が高鳴って仕方がないのだ。アサは自分でも意外に思う。そうか、自分にとって大奥とは、こんなにも大きなものだったのか、と。

あるいは、ただ一人でここにやってきたならば、もっと違った心持で夜を迎えていたのだろうか。アサはカメの横顔を盗み見る。すると、ちょうどカメがこちらを向いた。

「アサちゃんも、眠れない？」

「なんだか、落ち着かなくって」

「わかる！　だって、大奥にいるんだよ！　本当に夢を見ているみたい。大きな長屋に、きれいな女の人がいっぱいいて、服とか身に着けている小間物も本当に素敵で」

「でも、御水は臭かった」

「ほんとに！」

カメはアサのまぜっかえしに、笑って頷く。

「すごく生臭かったよね〜。淡島様たちは、どうして平気な顔をして飲めるんだろう」

「やっぱり天子様のため……」

とつぶやいたのは、単に昼間聞いた言葉を思い出したからだ。

御水様のご加護を得て、いつでも天子様の御子《みこ》が産めるよう、備えるのです。

そう語っていた淡島は、いたって真剣だったようにも思う。

「御中﨟の方々も、皆飲んでいるんだもの、きっとご利益はあると思う！」

カメはそう言って、鼻をつまんだ。アサも鼻をつまんで、二人はくすくすと笑う。

「おフキ様、お綺麗だったなあ……」

ふと、カメが遠い目をしてそうつぶやいた。

「どうしたら、あんな風になれるのかな」

「カメちゃんは、御中臈になりたいの？」

「そりゃ、大奥に来たんだもん。アサちゃんだって、そうでしょ？」

御中臈は奥女中の憧《あこが》れの的。天子様に見初められ、もしもお世継ぎを産むことができたとしたら、自分が次の天子様の母になる。今は御台様の御子も女の子が一人だけだから、次に男の子を産んだ者は、本当に日の本で一番の御家柄になれるだろう。

だが、アサにとっては、どうでもよいことだった。

「わたしは、手に職をつけたいというか……御祐筆《ごゆうひつ》のお役目に就くのが目標かな」

カメは一瞬目を丸くしていたが、すぐに相好を崩した。

「日記とか、書状を書くお役目だよね。アサちゃん、字上手だから、すぐになれるよ！」

「すぐに？」

「うん、あっという間に！」

あまりにはっきりと言い切るものだから、アサは謙遜《けんそん》することも忘れて笑ってしまった。

「そうだといいけど」

「大丈夫だよ！　アサちゃんを見ていると、やっぱり違うんだなあって思うもの」

「それは……わたしと、カメちゃんが？」

「そう、わたしはかめで、アサちゃんはうさぎ」

「それなら、最後に勝つのはカメちゃんね」

　アサがそう言うと、カメは微《かす》かに微笑むだけだった。ふと眠気を思い出したのか、彼女の瞼《まぶた》がゆっくりと下がってゆく。

「わたし……ほんとは、ここにいちゃいけないの……」

「えっ」

　カメが漏らした言葉にアサは耳を疑った。しかし、その続きにはさらに驚かされる。

「わたし、山村《やまむら》座にお芝居を見に行った時……代参帰りの、奥女中の方を見つけて、お願いしたの……大奥にお勤めさせてください、って……」

　直談判《じかだんぱん》ということらしい。確かに、それは普通のいきさつではないだろう。願い出る方も驚きだが、それを受け入れる者がいたとは、さらに信じがたい。元来、大奥に入るには仲立ちが必要で、それは往々にして袖《そで》の下や縁故によるものなのだ。アサも、父と懇意の旗本に、大奥への口利きをしてもらっている。無論、たまたま城下で会った相手に頼める話ではない。

「……大奥でお会いしたら、お礼を言わないと……わたしなんかを……大奥に……」

すべてを言い終えるよりも先に、カメの口からは寝息が漏れ始める。

アサは声にならない声で、大丈夫だよ、とささやいた。

大奥での立身出世は、一引二運三器量、と言われている。引、つまりは伝手《つて》が一番大切だということ。カメはそれを自分の力でものにしたのだ。奥女中としての素養を、誰よりも持っているということではないか。

静まり返った部屋の闇に、屋根を打つ雨音がぱらぱらと染みる。それに耳を澄ましながら、アサは大切な櫛《くし》を井戸に捨てたカメの姿を思い出した。この子は本当に腹をくくって、ここに来たのだ。こういう子と出会えて、友になれて、自分は運が良かった、と。

その夜、アサが見た夢には、雨が降っていた。

妹と二人で傘を分け合い、おつかいから帰った日の思い出だった。

「わたし、いつか海を見てみたいの」

妹はそう言っていた。道の真ん中にできた、大きな水たまりを避《よ》けながら。

四方を山で囲まれたアサの故郷において、確かに海とは見知らぬものだった。

幼いころ、誰もが一度は憧れるものだったのだ。

ねえ、わたしは今日、小さな海を見たよ。小さな海のような、大きな池。

夢の中でアサは妹に話しかけた。

しかし、その言葉は悉《ことごと》く雨に流され、かき消される。

妹が振り向くことは、ついぞなかった。

■

いまだ明けやらぬ寅《とら》の刻。アサはぱちりと目を覚ました。階下から人の声がする。カメを揺り起こし、引っ張るようにして階段を降りると、御仲居の先輩たちが、既に朝の支度を始めていた。

アサが「おはようございます」と挨拶《あいさつ》をすると、途端に彼女らは顔を見合わせ、

「ほらね、思った通り」

「あなた、二人を起こすために、わざと音を立てたんでしょう」

「言いがかりはやめてちょうだい。勝ちは勝ち。おまんじゅう五つ、約束よ」

「おかしいわねぇ、誰でも初日は白河夜船って決まってるのに」

会話から察するに、どうやらアサとカメの寝坊を賭《か》けていたらしい。独り勝ちした先輩からは、あなたたちにもおまんじゅう分けてあげる、と言われ、アサはなんと答

えたらよいかわからない。

しかし、先輩女中たちは絶え間なく言葉を交わしながらも、髪を結い、白粉《おしろい》を塗り、服を着付け、と支度の手を止めなかった。そして、あっという間に、御仲居の仕事場である御膳所《ごぜんしょ》に行ってしまう。アサとカメも慌てて支度を済ませ、その後を追った。

初仕事である朝餉《あさげ》の用意は、食器の準備から始まった。御膳の上に皿とお椀《わん》を並べていく。御仲居は一人一人、飯を炊く者、汁物を作る者、と分担があって、アサたちは包丁を握る必要すらない。

麦谷からは二人で五十人分を作るようにと言われていたが、先輩女中にその話をすると、「そんなわけないでしょう」と一笑に付された。新人に一から作らせたら、失敗するに決まっていますよ、と。

「それこそ、他のお女中から大目玉を食らってしまいます。みんな、食事を日々の楽しみにしているんだから。麦谷様は御仲居の仕事をしたことがないから、適当におっしゃっているのよ」

それから、アサたちは食事の盛り付けも任された。今日の献立は、白飯に、山椒《さんしょう》と和《あ》えた瓜《うり》の酢の物、蕪の味噌汁《みそしる》。鯵《あじ》の焼き物まで付いている。朝から魚を食べられるなんて、お殿様になったみたい、とはカメの感想だが、アサも食事の贅沢《ぜいたく》さには心底驚いた。汁物からは昆布の香りがふんわりと漂ってくるが、家であれば何か祝い事でもあったかと勘違いしたことだろう。

カメは時折椀をひっくり返したり、焼き物を菜箸《さいばし》から滑らせたりして、先輩女中から叱られていたが、なんとか仕事を終えることができた。その後、部屋に戻って自分たちの食事を済ませた後、アサたちは祭壇に向かう。

大井戸の前には奥女中が所狭しと並んで座り、それぞれ三角枡《ます》を手にしていた。皆、特に気にした様子もなく、次々と枡を干していく。どうやら、これからは毎朝、例の臭い水を飲まなければならないらしい。これもお勤めか、とアサは息を止めて枡をあおった。

すると、ぽつり。

額に雨粒が落ちた。えっ、と思って目を細めても、空には雲一つ見つからない。まるで何もないところから雨が降ってきたような気がする。

「ねえ、アサちゃん、あの男の人、どうして大奥の中にいるのかな」

不意に、カメが耳打ちをしてきた。その視線の先には、中肉中背の男が一人、煙草を呑《の》んでいる。すぐにこちらの視線に気が付いて、含みのある笑みを浮かべていた。

「なんだか、男前じゃない？　昨日会った薬売りさんに、負けず劣らず」

そう言うカメの声は浮き立っている。確かに、どことなく薬売りに似ている気がした。装いも少々変わっていて、用人というより行者のような趣がある。しかし気になるのは、他の女中たちが男の存在を気にかけていないということだった。まるで、はじめから大奥の風景の一部だったかのように見過ごしている。

結局、謎の男はふらりと祭壇を離れ、長局向の方に向かった。その行方を目で追っていると、突然周囲の女中たちが移動を始め、姿は見えなくなる。

「アサちゃん！　早く！　次は大広間だよ！」

既にカメも立ち上がり、今にも走りだしそうな様子をしている。

「急いでも、わたしたちが座るのは端っこだよ」

「でも、もしかしたらさ、会えるかもしれないでしょ、天子様に！」

大広間、と呼ばれる場所は、長局向から見て七つ口のさらに先、中奥と呼ばれる敷地にある。大奥で夜を過ごす日を除いては、天子様が普段暮らすのも、この中奥だった。男子禁制という大奥のしきたりもここには及ばず、男の来客が奥女中と面会するのも、この広間であることが多いらしい。そしてカメによれば、大広間には天子様が現れることがあり、女中の品定めをすることもあるのだとか。

足を踏み入れてみると、アサはその広さに息をのんだ。ゆうに二百畳はあるだろうか。天井も高く、屋敷が一つ収まるほどかと思われる。一段高い座敷の奥には、さらに上段の間があったが、その手前にはすっかり御簾《みす》が下りていた。今日に関して言えば、天子様はいないらしい。カメは肩を落とすかと思いきや、代わりに気になるものを見つけたようだった。彼女が指さした方を見ると、そこには二人の若侍がいる。

その顔は、どこかで見覚えがあった。しばらく考えて、アサは思い至る。昨日、七つ口で女中に話しかけていた二人ではないか。大広間にはもちろん淡島や麦谷の姿もあり、彼女たちも部屋の端に控える彼らのことをいぶかしげに見つめていた。

と、不意に部屋が静まり返る。現れたのは歌山だった。彼女は相変わらず大友をお供にしており、ゆっくりとした足取りで女中たちの前を進む。一同が平伏するのに合わせ、アサも低く頭を下げた。

「ごきげんよう」

と、淡島が音頭を取ると、女中たちがそろって、

「ごきげんよう、歌山様」

と唱和する。

「ごきげんよう。皆、面を上げよ」

その声がよく通るのは、皆が息を潜めているからか。歌山の物腰はいたって穏やか

なのだが、妙に息の詰まるような思いがする。

女中たちが全員顔を上げたのを確認すると、歌山はようやく口を開いた。

「早速だが……先に延期となった大餅曳《おおもちひき》は三日後に迫った。当日は多くのお客様が参られる。残り少ない日数、皆気を引き締めて準備にあたってほしい」

それから、次の一言に、たちまち弓を引き絞るような緊張が大広間を貫く。

「大餅曳に合わせて、人事を伝える」

声こそ漏らさないが、周囲の女中たちが何か探るような視線を交わすのがわかった。

アサも思わずカメと目を合わせる。

「今回の大餅曳の差配は、淡島に任せよう。飾りつけから飲食の手配まで、手際よくさばく必要がある。皆、淡島の指揮下に入るように。淡島の位を御次から表使《おもてづかい》とする」

淡島は静かに頷《うなず》く。努めて冷静さを保とうとしているが、アサの目には、どことなく彼女の頬が上気しているように見えた。

「また、今回の大餅曳の参加者は百名を超えるだろう。席次の調整、お帰りのご案内まで、ぬかりがあってはならぬ。麦谷の位を御広座敷頭から御次とし、この任にあたってもらうこととする。麦谷の後見人としては、幕府の要人や諸大名の力関係にも詳しい御中﨟の大友に立ってもらう。麦谷は大友に作法など学ぶように」

「かしこまりました」

返事をした麦谷は、喜びを隠す気もないようだった。にんまりと笑みを浮かべて、胸を張っている。

しかし、いずれにせよ歌山は淡島たちの反応など目に入らないようだった。彼女は大広間をじろりと眺め渡し、やがてアサに目を留めた。

「そして昨日着任したばかりだが、アサにも頼むことがある」

え、と思わず声を上げそうになる。周りの女中の目が一挙に集まり、畳に縫い付けられたような心地がした。特に、淡島と麦谷の視線は鋭い。

「幕府お目付け役である、時田殿、嵯峨殿の案内をしてほしい。異例ではあるが、アサに御三之間の位を与える」

「えっ」

今度は本当に声を上げてしまった。女中たちもそれで我慢の限界が来たのか、一挙にざわめき立つ。カメは小声で、「やったね！」と笑っているが、アサは背中に大粒の汗がたらりと伝うのを感じた。

御三之間とは御年寄の雑用などを任されるお役目だが、普通、新入りが任されることはない。アサは喜ぶどころか、困惑の方が大きかった。これは自分への嫌がらせなのだろうか。昨日、生意気な口のきき方をした新人に、無理難題を押し付けようという歌山の意趣返しかもしれない。ただし、どんなに歌山を見つめても、そこに嘲弄《ちょうろう》の色は見えず、かえってアサは不安が膨らんでいった。

「時田殿、嵯峨殿は大餅曳の用意に不備がないかを監督するため、大奥にいらっしゃった。お二人、一言いただけますかな」

歌山に促され、精悍《せいかん》な顔立ちの侍が居ずまいを正す。

「時田三郎丸と申す。大奥の皆様方を邪魔立てするつもりは毛頭ござらん。かまわず、祝賀の準備に勤《いそ》しんでいただきたい」

もう一人の侍はうっすらと笑みを浮かべると、

「嵯峨平基と申します。わたしも邪魔するつもりはありませんが、お話をされたい方は、いつでもお相手させていただきますよ」

と軽口をたたいた。女中たちの反応は、眉《まゆ》を顰《ひそ》める者と、どことなく色めき立つ者とが半々といったところだ。隣にいる三郎丸が苦虫を嚙《か》み潰《つぶ》したような顔をしているのは、少し面白い。二人に注目が向いたおかげで、アサは少し気が楽になったのも確かだった。

「質問があればアサにすると良いでしょう。大奥について、よく知っているはずです」

歌山の言葉に、女中たちがくすくすと笑う。三郎丸と平基は表情を変えなかったが、その皮肉が通じなかったはずもない。わざわざ、歌山は「昨日着任したばかり」と言ってアサを引き合いに出したのだ。大奥は何も答えるつもりはない、と言っているようなものだろう。

ある意味、アサの無知が笑われているのだが、アサは腹立たしいどころか、胸をなでおろした。というのも、それでようやく歌山の意図がわかったような気がしたからだ。

自分は無知ゆえに、外の人間に何かを漏らすことはない。また、他の女中たちとまだ関係がないために、男に近づこうとする女中側からの懐柔もできない。自分が選ばれたのは、単に厄介者たちの支障となるからであって、それ以上の意味はないのだ。

歌山が大広間を見渡すと、女中たちは静まり返り、皆が自然と平伏した。空気が再び張り詰め、それを凛《りん》と震わせる歌山の一喝が響いた。

「ここは大奥！　我らが築き、守るは、天子様の奥の城！　皆の者、貢献せよ！　早速持ち場に着け！」

「かしこまりました」

アサが頭を上げた時には、既に歌山の姿はなかった。たちまち、ざわめきが大きくなる。アサは不躾《ぶしつけ》な視線にさらされるのを感じ、誰とも目を合わせないようにうつむいていた。すると、

「アサちゃん」

ぽん、とカメに肩を叩《たた》かれる。

「わたし、しっかり大奥について勉強してきたから。良かったら、案内のお手伝いさせて？」

「え、でも」

「大丈夫！　自分のお務めは、後でやっておくから！」

カメはアサの手を握り、「ね、お願い！」と念を押してくる。

「じゃあ……わかった」

アサがしぶしぶ了承すると、カメは喜び勇んで立ち上がり、さっそくアサの手を引いて、若侍二人組のもとへ向かおうとする。視界の端で、麦谷がこちらを見ているような気がしたが、目を向けると彼女はすぐに大広間から出て行ってしまった。

「カメちゃんのお務め、ちゃんとやろうね。約束だよ？」

「うん！」

景気のよいカメの返事が、アサにはかえって心配になるのだった。

■

七つ口の門前には、すでに商人たちが列をなしていた。大餅曳の祝いの品を献上すべく、開門と同時に人がどっとなだれ込む。この連日の人出にも慣れたのか、大奥の警護を司《つかさど》る門番たちは、皆落ち着いた様子でそれをさばき始めた。

広敷番である坂下もまた、見張りを怠らない。しかし、昨晩の夜回りが響いたのか、気を抜くとつい欠伸《あくび》が飛び出しそうになった。それをなんとか噛み殺していると、視界の端にちらりと異様な箱が映る。その陰には、やはりあの男。いつの間に入り込んだのか、今日も床几《しょうぎ》の上に座っている。

「おい、薬売り」

思わず掛け声が喧嘩《けんか》腰《ごし》になる。すると、薬売りは坂下の方を向いて、にこりと笑った。

「おや、坂下殿は今日もご入用ですか」

「今日も昨日もあるものか！　わしはお前の怪しげな薬なぞ、買っておらん！」

「では、何用で？」

　薬売りは素知らぬ顔。坂下はますます腹の虫がおさまらない。

「妙な言伝《ことづて》を残しただろう！　見えるとか、なんとか……」

　ああ、と薬売りが頷《うなず》く。そして、突然目を細めて、七つ口の天井の隅を睨《にら》んだ。

「見えましたか」

　坂下は言葉に詰まる。怪しい水に肩口をぐっしょりと濡《ぬ》らした感触が蘇《よみがえ》って、かすかに肌が粟立《あわだ》った。

「……わしは何も見ておらん。お女中からも、怪しい報告は受けていない。お前が脅かすせいで、寝ずの番をする羽目になったぞ！」

「坂下殿がいたおかげで、出てこなかったのでしょう。ご無事でなによりです」

「……いったい、何が見えるんだ」

「わかりません」

「お、お前、からかうのも――」

「まだ、わからないのです。顕《あらわ》れても、隠れてしまえば、形が見えない」

　今はまだ遠いようだ、と薬売りは言う。相変わらず話は要領を得ないが、かといって、ただの法螺《ほら》吹きと断じることもできない自分がいることに、坂下は気づく。昨日、はないか。

夜通し見回りをしてしまったのも、心のどこかでは薬売りの言葉を信じていたからで

「お前は何者なんだ……」

坂下は、もはや何度目かもわからない問いを漏らす。薬売りは聞こえていないふりでもしているのか、やはり応《こた》えようとはしなかった。

「あ、坂下様！　それに、薬売りさんも！」

七つ口に明るい声が響いた。振り返ると、そこにはカメがいる。傍にはアサ、三郎丸、平基の三人の姿も。

「おお、おカメ。大奥の初日はどうだった。挨拶《あいさつ》はうまくいったか？」

坂下がそう尋ねると、カメはなぜか困ったように笑って、「はい」と頷いた。

「これから……頑張ろうと思いました」

「そうかぁ。しっかり励めよ。それで、今日はどうしたんだ。二人は御仲居だったな。食材の買い出しでも頼まれたのか？」

「いえ、アサちゃんが御三之間の位をいただいて、時田様と嵯峨様の案内役に任じられたんです！」

「ほぅ……それは、大したものだ」

「ですよね！」

あまりに邪気のない返事に、坂下は頬が緩む。大奥に長く勤めていると、こうした正直さが時に眩《まぶ》しく感じられるのだった。

すると、平基がするりと間に割って入り、

「おカメ殿は、大奥について本当にお詳しい」

とおだてる。カメは頬を染めてはにかむと、背筋をぴっと伸ばした。

「次は、いよいよ御鈴廊下です！　天子様に選ばれた方はそこを通って、夜伽《よとぎ》の間に……って、実は、わたしもまだ見たことないんですけど」

「おお、それでは、おカメ殿の初陣というわけだ！　ご一緒できて、光栄です」

「わたしも、本当に嬉《うれ》しくて！」

カメが平基と盛り上がる一方、アサは苦笑気味にその様子を眺めていた。三郎丸もどこか所在ない様子で、口を引き結んでいる。

それから四人はカメを先頭に、七つ口を後にした。再び薬売りと二人になったところで、坂下は思わずため息を漏らす。

「あの子らはしっかりやれておるかのぉ」

「お元気そうでしたよ」

「そりゃあ、最初のうちはいい。皆、張り切るからな」

「やがては、変わってしまうと？」

「……大奥というのは、古い池のようなものだ。川から飛び込んだ魚は、いずれ、その水に慣れねばならん」

「年月をかけて澱《よど》んだ水、ですか」

ああ、と言いかけて、慌てて坂下は口をつぐむ。つい言葉のはずみで妙なことを言ってしまった。気づけば、薬売りもまた、四人組の背中をじっと見つめていて、その目線は獲物を狙う猛禽《もうきん》の類《たぐい》を思わせた。ぎょっとして坂下がその横顔を見ていると、突然、薬売りが振り返る。

「坂下殿の、お二人についての見立ては？」

「見立てだと……？」

坂下の目は逃げるように宙を泳いだ。が、結局、沈黙に長くは耐えきれない。

「……おカメが心配だ。優しすぎる子はうまくいかないことが多い。傷ついても、皆も同じだと思って我慢してしまう。大概、他の者は傷つくほどの柔らかいものを持っていないというのにな」

坂下は大奥の門番として長年多くの新人を見てきた。しかし何度経験しても、来たばかりの娘たちを見守ることは、如何《いかん》ともしがたいもどかしさがある。

「では、おアサ殿はうまくいくと」

「言っただろう。水が変われば、魚も変わる。変わらなければ、生きてゆけぬのだ。うまくいく子はいく子で、しばらく会わないうちに別人のようになってしまう。ついこの間も……」

しまった、と思った時にはもう遅い。

「変わってしまった方がいた？」

「いや……その……」

薬売りの視線から逃れた先で、門番の木村と目が合う。坂下はそこで我に返り、慌てて話を終わらせた。

「どうしてお前に教えてやらねばならんのだ！」

意外にも、薬売りはそれ以上の詮索《せんさく》はしてこなかった。そのことに、坂下は内心安堵《あんど》する。この男にまっすぐ見つめられると、不思議と言うべきではないことも答えてしまうのだ。

そして、今一度気を引き締めなければ、と坂下は思う。

長年の勘が告げている。この男が現れたことは兆しだと。

近く、嵐が来るかもしれぬ。

古く静かな池をかき乱す、激しい風雨が――。

■

歌山はその日、積み上げられた書状の山を一つ、また一つと確認するだけで一日が過ぎていった。補佐役の大友と手分けをしても、一向に終わりは見えない。

書状のほとんどは、諸大名から送られてきた大餅曳《おおもちひき》の祝いの品を記録したものだった。米や塩、鳥に魚に、紙、蠟燭《ろうそく》、馬や反物に至るまで、各地の名産や上等な品々の目録が続く。御子《みこ》の誕生に際して贈り物をするのは、城下の民草に限らない。大名たちこそ、競うようにして山のような献上品を届けてくるのだ。それに全て目を通すのも、御年寄である歌山の仕事だった。

無論、献上品が多い家ほど天子様の覚えもめでたい、というほど政《まつりごと》は単純ではない。だが、さりとて意味がないというわけでもなかった。大名たちは自分の娘を大奥に入れている。その中での「格」は、少なからず家の豊かさに依《よ》るのだ。歌山は家々の「誠意」を見定め、大奥の序列を調整する。娘たちはその序列の中でお勤めに励み、天子様の寵愛《ちょうあい》を得ようとする。巡り巡っては、献上品の差が表の政における発言力の差になる。この日の本という国、そして大奥は、この表と裏の綱引きを、百五十年も続けているのだ。

献上品の書状をようやく崩し終えたころ、淡島がやってきた。その腕には、大餅曳に関する入用や来客の目録の書状を薪束《まきたば》のように携えて。歌山がさっそくその書状を読み始めると、大友が悲鳴のような声を上げた。

「これ以上続けたら、指が擦り切れてしまいます！」

「ふむ……そうだな。部屋に戻って休むといい。そもそも御中臈のお役目は御年寄の手助けではないからな」

「……御中臈のお務めは、おフキ様がいらっしゃいますから。こちらは手が足りていらっしゃらないでしょう」

ちらりと顔色を窺《うかが》うと、大友は不服そうに眉《まゆ》をひそめながらも、再び書物の検分を始めた。それは彼女なりの意気地だろう。高飛車な割に根気があるというのは、彼女のかわいげだと歌山は思う。それに実際、本人の言う通り、大友に向いているのは夜の務めではなく、こういった昼の務めだ。

「餅曳の来客回りの役目も引き受けてほしかったのだが」

「わたくしがここにいるのは、大友の人間として大奥と表の押し引きを差配するためです。お歴々の方々の話し相手は、麦谷さんにお任せします」

手厳しいな、と歌山は思わず苦笑する。しかし、この気位の高さがあってこそ、彼女は他の女中たちからフキとは異なる尊敬の念を集めているのかもしれない。

「おや、お清めの塩が遅れているようだな」

歌山はふと書状から顔を上げ、淡島に尋ねた。すると、平伏したまま淡島が応える。

「天候の影響で遅れているようです。念のため、近場の問屋で代わりを確保しておこうかと」

「それはアサにやらせてみろ」

「おアサに、ですか」

淡島が上げた顔には、当惑といくらかの不満が滲《にじ》んでいた。「承知しました」と言うものの、そのまなざしは、訳を教えてほしいと語っている。

「淡島よ、大奥に来て何年だ？」

「ちょうど六年でございます」

「わたしは、意志と能力のある者には、少しばかり重い荷を背負わせるようにしてきた。お前にもな」

「……ですが、御仲居から御三之間の役に引き立てるばかりか、今度は仕入れの任など……これは、御広座敷頭のお役目にございましょう。北川《きたがわ》でさえ……」

と、渋る淡島に、大友が書状を一つ差し出す。

「これ、ご覧になって。おアサさんが書いた報告よ」

「そんなものが紛れていたとは！　申し訳ありません」

淡島が慌てて受け取り、確認する。と、たちまちその目は釘付《くぎづ》けになった。

「これは」

「案内役を頼んだというのに、いつ書いたのかしら。御膳所《ごぜんしょ》で入用になりそうなものが、よくまとまっているでしょう。それに、とりわけ達筆ね」

淡島は黙って頷《うなず》くことしかできない。

「誰だって、我が身がかわいいものだ」

歌山が声をかけると、淡島ははっと顔を上げた。

「低きところにいるうちは、ただ上を仰ぐだけでよいのだ。認められたい、愛されたい、必要とされたい、と。しかし、やがて互いを支えあっていたはずの隣人が、絶えず比べられ、抜きつ抜かれつ、限られた席を奪い合う者であると気づく。上に立ち、見下ろすことで、落ちることを恐れるようになる」

「……」

「お前が今背負うべき荷は、その恐れだ」

「精進、いたします……」

歌山と大友による書状の確認が一通り終わると、淡島は部屋から下がる。二人きりになると、大友がじっとこちらを見ていることに気が付いた。

「なんだ？」

「淡島さんへのお話を聞いていて、気になったんです。歌山様は——大奥の一番上に立っていらっしゃる方は、何を恐れ、何を背負っていらっしゃるのかしら、と」

大友はそう言いながら、答えも聞かずに立ち上がる。歌山が答えるはずもないとわかっていたのだろう。それゆえ、歌山もまるで聞かなかったかのように、言った。

「今日のところはご苦労だった。明日も、よろしく頼む」

「よろこんで」

大友は小さく頭を下げ、部屋を出ていく。

歌山はまだ残っている書状の山に手を伸ばし、また一つ、また一つと読み始めた。

アサとカメは案内のお役目を終え、ようやく長局向に帰ってきた。中庭の太鼓橋を渡るアサの足取りは、少しばかり重い。

「大奥って、本当に広いのね。歩き回っただけで、もう日が落ちそう」

「御台様の寝所や夜伽《よとぎ》の間がある方には、まだまだお部屋があるんだよ。それに、大奥の地下深くにも、大切なお部屋があるんだって」

「カメちゃんって、本当に詳しい。誰から教えてもらったの？」

「ほとんど絵草子かな。小さい頃から、憧《あこが》れていて」

それから突然、あっ、とカメが声を上げる。

「そういえば、わたしを大奥に呼んでくださった方にも、お話を聞いたの。声を掛けたら、お茶屋の個室に呼んでくださって！」

カメが城下で直《じか》談判をしたという奥女中は随分と掟破《おきてやぶ》りだったのか。大奥の話は原則、口外厳禁である。それをいきなりカメに話したというのなら、よほど一目で気に入ったのだろう。

「御髪《おぐし》は片《かた》はずしに結っていらっしゃったから、たぶん、御目見以上の方だと思うの。本当に、どこにいるのかな――」

「もしかして、案内を手伝ってくれたのも、その方を探すため？」

「え？　あ、えっと……そこまでは、考えてなかった」

カメはそう言って顔を赤らめるが、すぐに言葉を足す。

「でも、お会いできたら、気づくと思う。今日はすれ違わなかったのかな」

「……そっか」

しばらく二人は廊下を進み、三の側の一室の前で足を止めた。

「ここが、アサちゃんの新しいお部屋ね」

襖《ふすま》を開くと、こぢんまりとした造りの部屋と、奥に小さな勝手場が見える。御三之間は小さいながらも一人一部屋が与えられるらしく、さっそくアサはカメとの相部屋から出ることになってしまったのだった。

「個室って、こんな感じなんだ。わたしも早くほしいけど、アサちゃんみたいにはいかないね。初日からお役目をいただく人なんて、今までだって、きっといなかったと思うよ」

「……お役目をいただいた以上は、それに見合ったお務めが果たせるように、頑張る」

机の横には下女の誰かが運んできてくれたのか、アサの荷物が風呂敷《ふろしき》一つにまとめて置かれていた。アサはそこから筆と硯《すずり》を取り出し、机の上に並べる。

部屋はどことなく落ち着いた匂いがした。廊下や中庭に漂う甘い香りとは異なる。

一体、これはなんだったか、と少し思案していると、

「じゃあ、わたし行くね」

既に廊下に出ていたカメから、声をかけられた。

「もっとゆっくりしていけばいいのに」

「アサちゃんの新しいお部屋を見たかっただけだし、自分のお仕事もあるから。ちゃんとやる約束、でしょ？」

カメはそう言ってほほ笑むと、アサが口を挟む隙を与えず、「また明日ね」と言って去ってしまう。たちまち部屋はがらんとして、アサはしばらく動くことができなかった。思えば、大奥に来てからずっと、カメと一緒に行動していたのだ。こうして一人になることは、随分と久しぶりのような気がする。

それから不意に、かすかな雨音が耳朶《じだ》に触れた。襖を開いてみると、見る間に乱雲が頭上に広がって、大奥の海のような池に点々と波紋を広げる。アサはそれをぼうっと眺めていたが、今度は背後で、水の滴る音が聞こえた。

ぴちゃん、ぴちゃん。

それ自体が息を潜めているような、かすかな響き。はて雨漏りか、と部屋を見回すが、一見支障はないように見える。ただ、目に留まったのは箪笥《たんす》の上に置かれた箱。高さが一尺ほどで、寄せ木細工で作られた扉が美しい。

近寄ってみると——ぴちゃん。

まさか、この中から？　アサは小首をかしげつつ、箪笥の戸に手をかける。

「……っ！」

指先に触れた冷ややかな感触に、小さな悲鳴が漏れた。濡《ぬ》れた手で、誰かに触られたような気がしたのだ。落ち着いてみれば、引き戸の取っ手が鉄製で、その冷たさに驚いたに過ぎない。

呼吸を落ち着け、アサは思い切って戸を開く。すると、一つの人形が中から転げ落ちた。その人形は可憐《かれん》な少女を象《かたど》ったものだった。木目込《きめこ》みで、着物の部分に使われている金襴《きんらん》は一目で上質なものとわかる。真新しい趣はないにもかかわらず、目立った傷もない。大切に扱われていたことは、容易に察せられた。気になるのは、人形がどこか悲しげな表情をしているということ。そして、胸元に添えられた人形の手がやや不自然なことだった。ひょっとして、この子は傘を持っていた？

「ごめんなさい、それ、わたくしの忘れ物なの」

アサが驚いて振り返ると、いつの間にか、位の高そうな女中が廊下に立っていた。

「部屋を移られた方ですか？　こちらを、以前使われていた」

「ええ、北川と言います」

アサは人形を箱に戻すと、深く頭を下げた。

「アサと申します」

「あら、かしこまらないで」

顔を上げると、北川は柔和な微笑みをたたえている。彼女はちらりと文机《ふづくえ》の方を見やると、目を細めた。

「いい筆ね。熊野《くまの》のものでしょう」

「よく、おわかりですね」

それは大奥に奉公に上がるということで、父が選《え》りすぐりの筆師から買い付けてくれたものだった。今まで誰にも指摘されなかったために、驚いて、つい不躾《ぶしつけ》な言い方になってしまった。そして、遅れてあることに思い至り、血の気が引く。

この部屋に立ち込める、気の安らぐ澄んだ香り。これは、壁や天井に染みついた、墨の香りではないか。

「まさか、北川様は御祐筆《ごゆうひつ》でいらっしゃる……」

北川はうなずく。アサはたちまち顔から火が噴き出るような思いがした。ああ、どうして。もっと早く匂いに気づいていれば、部屋の元の持ち主とわかった時点で、相手のお役目もわかったはず。

アサは額を畳に押しつけるような勢いで平伏する。

「申し訳ございません。大変、失礼な物言いを」

「顔をお上げになって」

「いえ、どうか、このままで」

「アサさん」

繰り返し促されて、ようやくアサは顔を上げる。自分がほとんど泣きそうになっていることに気づいたのは、北川がアサの顔を見て笑った時だった。

「そんなに取り乱すことないでしょう」

「いえ……その」

ただ黙っていればいいものを、アサは狂ってしまった脈の拍子につられて、つい口走ってしまう。

「御祐筆の方は、わたしの最も尊敬するお役目にございます」

「御年寄でも、御中﨟でもなく？」

「幼い頃、父のお供で大奥を訪れたことがありました。その時行われていた大餅曳《おおもちひき》でのお姿に、幼いながら心を打たれたのです」

その日、幼いアサの目に焼き付いたのは、大量の祝いの餅を運ぶ男たちの姿でも、それを嫋《たお》やかに眺める奥女中でもなかった。人々の前で大筆を振るい、寿詞《よごと》を揮毫《きごう》する御祐筆の姿だったのだ。

北川はふと外に目を向け、雨に煙る中庭を見つめる。

「ふた月前、わたしもその役を務めるはずでした……」

しかし、大餅曳の儀は延期になった。まだ奥女中になる前のアサのもとにも、その噂は届き、我が事のようにひどく落胆したことを覚えている。

こうなっては恥はかき捨てと、アサは思い切って尋ねた。

「……何か、差しさわりが？」

「ええ……」

北川は気分を害した様子もなかったが、かといって、詳しく答えようともしなかった。代わりに、簞笥の上の人形に目を戻し、

「その子、預かっておいてくれないかしら」

と言う。

「それは、構いませんが」

「会いに来るわ。またお話ししましょう」

おやすみなさい、と微笑んで、北川は部屋を出ていってしまう。

廊下から少し顔を出してみると、北川の姿はもう見えなくなっていた。その代わり、雨風が吹き込んだのか、廊下が濡れていることに気が付く。不意に、冷え冷えとした風が足元を抜けて、アサは身震いをした。

部屋に戻ると、箱に戻したはずの人形が再び床に落ちている。手に取ると、それもまた、水の中に落としたように濡れているのだった。そして、ぷん、と鼻を突くような悪臭が漂う。

祭壇の井戸から汲《く》み上げた御水様の水、それを煮詰めたような吐き気を催す臭いが、部屋中に立ち込めている。まさか、天井に鼠の死体でもあって、それが雨漏りに浸《つ》かって腐ったのだろうか。

「カメちゃん……」

呼んでも、当然、返事はない。部屋には雨音だけが静かに染み通って、全てのものを濡らしていくような気がした。

■

その夜、一人きりの寝床で、アサはまた妹の夢を見た。

妹は不器用で、何をやってもアサの倍は時間がかかる子だった。

しかし、彼女はアサが十二の時、六つの歳であの世へ行った。死ぬことだけは、姉よりずっと早く済ませてしまったのだ。

「これで、わたしも親孝行ができます」

病床で、妹はよくそう言っていた。わたしは姉様のように、父様、母様を喜ばすことができませんから、食い扶持《ぶち》を減らせて本望にございます。初めての親孝行にございます、と。

あの子が好きだったお人形は、あの子が死んだあと、どこへしまわれたのだろう。

人形の置き場所だけではない。アサは、随分と長い間、妹のことを忘れていたような気がする。あるいは、ずっと思い出さないようにしていたのだろうか。

そういえば、妹が死んだ日も雨が降っていた。

長い、長い、雨が降っていたのだ。

# 第二幕

「これは、どういうことですか！」

朝一番、大奥中に麦谷の声が響き渡った。廊下を歩いていた奥女中たちが一斉に振り返る。カメもまた、振り返って初めて、その叱責《しっせき》が自分に向けられたものだと気づいた。

「どういう……？」

「昨日のうちに終わらせるよう、言ったはずです」

麦谷はとっさに出た声がさすがに大きすぎたと思ったのか、ぐっと口調を抑えている。しかし、目は張り出していて、その内側に溜《た》まった怒りが今にも身体の穴という穴から噴き出しそうだった。一方、隣に立つ淡島は興味もないといった様子で、他の女中たちの仕事ぶりに目を配っている。

カメは昨日、大餅曳《おおもちひき》のための廊下の飾りつけを申し付けられていた。アサと一緒に大奥の案内役を務めた後しばらく作業を進めたのだが、すぐに日が落ちてしまったのだ。

「忘れていたのですか」

「いえ、その……申し訳ございません。急いでやりますので」

「今日の仕事はどうするのです」

「それは、こちらを終えた後に、急いで」

「急いで、急いで、と……それができるなら、どうして初めからしないのですか！」

「申し訳ございません……！」

「謝っている暇があったら、手を動かしなさい！」

「はい！」

カメは慌てて作業に戻るが、背中には張り付くような麦谷の視線を感じる。切り紙に紐《ひも》を通して吊《つ》るすだけなのだが、焦れば焦るほど、手が震えた。

「おカメさん」

「申し訳ございませんっ！　あっ」

謝った拍子に、切り紙が手から滑り落ち、ひらひらと飛んでいく。カメは思わず麦谷の顔を見るが、その額には青筋が立っていた。睨《にら》まれたカメは蛙のごとく、立ち尽くすしかない。

すると、いつの間にか横にきていたアサが、代わりに切り紙を拾ってくれる。彼女

は途中になった飾り付けを一瞥《いちべつ》すると、何を思ったか、

「申し訳ございませんでした」

と頭を下げた。

「おカメのせいではございません。わたしが昨日、案内を手伝ってほしいと頼んだのです」

「それは」

違います、とカメは言いかけるが、アサに目で制された。こちらを安心させるように向けられた微笑みが、かえって胸を締め付ける。

すると、今度は麦谷がアサをじろりとにらみつけ、

「おカメさんは断ればよかったのです。男衆に媚《こび》を売っているから、他のお務めが疎《おろそ》かになるんでしょう」

「そのような言い方は……！」

「そ、それ、に！　おカメさんは朝餉《あさげ》の用意にも起きてきませんでした。何のために大奥に来たのか、勘違いしていらっしゃるのでは？」

カメはもう顔を上げることもできなかった。麦谷が恐ろしいのではない。アサからどんな視線が向けられているのか、確かめる勇気がなかったのだ。

　それから、ふと淡島がアサに尋ねた。

「おアサさん、そういえば、昨日お願いしたお清めの塩は？」

「……昨日すぐに手配をしましたので、今朝受け取っておりますが……」

「そう……結構なことです。同じ日にここへ来て、こうも違いますか。ねぇ、おカメさん」

「淡島様」

　アサが口を挟もうとすると、淡島はぴしゃりと返す。

「この飾り付け、あなたも二日かけるとおっしゃりたいの」

「それは……」

　不意に降りた沈黙が、カメの肩にのしかかる。わかっているのだ。アサであれば、一日どころか半日も要らない。きっと案内の役目を終えた後、昨日のうちに仕事を済ませていただろう。そんなことは、カメが一番わかっていた。

「おカメさんは、麦谷さんに手取り足取り教えてもらう必要があるかもしれませんね」

「えっ」

　淡島の突然の提案に、虚を突かれる。顔を上げると、彼女はうっすらとした笑みを浮かべていた。

「荷物をまとめて、麦谷さんの部屋に移りなさい。歌山様にはわたくしから話しておきます」

「あの、もっと頑張りますので……」

カメは思わずアサの方を見て、助けを求めてしまう。するとアサはその意をくみ取ったように言う。

「同輩の身ですから、わたしがお手伝いを」

「あら、御三之間の位になられたおアサさんが、ご指導されたいと」

「指導などと……とんでもございません」

「それなら、口は出さないことです」

淡島のけんもほろろな返事にアサが黙ると、麦谷が勝ち誇ったような笑みを浮かべた。

「責任をもって、面倒を見させてもらいます」

それから彼女はカメの腕をむんずと摑《つか》んだが、その瞬間、「ひゃっ！」と情けない声を上げた。

「なんですか、こんなに濡《ぬ》らして！」

いつの間にか、左腕から水が滴り落ちていた。しかも、異様に生臭い。肉の腐ったような臭いがする。

「し、知りません、わたし何も……」

「身支度の仕方から教えないといけませんねぇ」

結局、麦谷はカメの濡れていない方の腕をつかむと、廊下を歩きだした。

引きずられながら、アサと目が合う。しかし彼女は何も言わず、静かに目を伏せた。

「アサちゃん……」

カメのすがるような声だけが、廊下にぽつんと残される。

■

「時田殿は朝から浮かぬ顔だな。そろそろ、御中﨟の姉上が恋しくなってきたか？　まだろくに挨拶《あいさつ》もしていないだろう」

「馬鹿を言うな。表の勤めで来ているんだぞ」

三郎丸は肩に置かれた平基の手を払い落し、ぐるりと見まわした。

長局向のやや奥まったところにある四の側。付いてこいと言われて来たものの、先ほどから平基は欄干に身を預けたまま、動こうとしない。それどころか、袂《たもと》から煎《い》り豆を取り出し、ぼりぼりと音を立てて食べている。昨日の晩酌に出たつまみを持ってきたのだろう。時折、廊下の下に広がる池に投げていたが、鯉たちは見向きもしなかった。

「普段から、よほどうまいものを食ってるらしい」

そう言ってけらけらと笑う平基に、三郎丸はとうとうしびれを切らす。

「いい加減、わけを話せ。ここで、何か見つけたのか」

「いいや、何も」

「大餅曳《おおもちひき》まであと二日だぞ」

「じゃあ、時田殿は何か見つけたのかな」

「……見つけていないから、探さねばならんのだろう」

「昨日のように、また大奥中を歩き回るつもりか？　穴場探しもいいが、結局釣りのコツは待つことにあるんだがなぁ。じきに——ほら、かかった」

平基が視線を向けた先は、廊下の曲がり角だった。そこには、一人の女中の姿が見える。平基は残っていた煎り豆を三郎丸に押し付けると、一人で彼女の方へ歩み寄った。陰に隠れて何かを話していたが、しばらくすると別れを告げて戻ってくる。

したり顔の平基に、三郎丸は苦言を呈さずにはいられない。

「これが釣りか？」

「下手に我らが動いたところで、女中たちは警戒するだろう。しかし、こうして待てば、勝手に向こうから寄ってくる。人というのは、秘密を話さずにはいられん生き物だからな。昨日も、大奥をめぐる間、何人かの娘と目が合って――」

「わかった、わかった。それでさっきの女中は何と？」

三郎丸が話を促すと、平基の表情からすっと緩みが消えていく。

「三月《みつき》ほど前、女中が大奥を去ったそうだ。さっきの娘と同室の者で、四の側にいたらしい。ある日突然、家に帰ると言って奉公を止めたと」

「妙だな。大餅曳が延期になったのが、ふた月前……そう遠くはない」

「だろう？　しかし、事情を知っていそうな高位の女中を問い詰めたところで、口を割る者はいないだろうな」

平基はおもむろに三郎丸の手から煎り豆を取り戻すと、全て池に投げ入れる。しかし、近くに鯉は見えるというのに、やはり一匹としてこちらに近づく気配はなかった。

「ならば、表に尋ねればいいだろう」

と三郎丸が言うと、平基はきょとんとする。三郎丸はすぐに説明を付け足した。

「表が管理する分限帳《ぶげんちょう》には奥女中の身元も書かれている。出入りぐらいは記録が残っているはずだ」

「良く知っているな」

「御中﨟の姉がいるからな」

三郎丸の返しに、平基はにやりとする。

「では、そちらは時田殿に頼んだ。こちらはもう少し、釣りを楽しむとしよう」

廊下の陰には、先ほどとは別の女中が、廊下の陰からこちらを窺《うかが》っているのが見えた。そこへ向かう平基の背を見送っていると、耳朶《じだ》にふと水音が触れる。

「今日も雨か」

大奥の池には、ぽつりぽつりと波紋が浮かんでは消え、それから逃れるようにして、錦色《きんしょく》の鯉たちが水底へと潜っていった。

■

「今日も雨とはなぁ」

坂下は七つ口の門前に立ち、空を仰いだ。登城してきた商人たちが、押し合いへし合い屋内へ駆け込んでくる。門番の木村は足元に置いておいた縫笠《ぬいがさ》をかぶり、ため息を漏らした。

「こうもお天道様が隠れ続けていると、縁起が悪いですね」

「滅多なことを言うな。大餅曳の日までには、必ず晴れる」

坂下はそう言いつつも、胸中にくすぶる暗い予感を振り払うことができない。それもこれも、あの薬売りが妙なことを言うからだった。出るだの、出ないだの、思わせぶりなことばかり言いおって……。

と、気づけば、当人は七つ口のいつもの床几《しょうぎ》に、相も変わらず座っている。

「あいつ、またいますね」

木村のつぶやきに、坂下は慌てて視線を空へと戻した。「あいつ？」ととぼけても、木村はかまわず続ける。

「現れるようになって、もう三日ですか。須藤《すどう》殿や浅沼《あさぬま》殿は、ひょっとしたら盗みの下見じゃないかって、おっしゃってますよ」

「また……わかったような口を」

「薬売りと言いながら、漢方の一つも売らずに日がな一日座っているだけですよ。いい加減、どうにかしてくださいよ」

「むぅ……」

木村たちの疑いもわかる。坂下とて、ずっと怪しんではいるのだ。ただ、どうしても追い出す踏ん切りがつかなかった。少なくとも、薬売りが事を起こすまでは、様子を見ておきたい、そういう思いのまま、ずるずると日が経ってしまっている。

「あっ、今度は妙なものを取り出していますよ！」

木村の声に誘われて見てみれば、薬売りが行李《こうり》の中から見慣れぬ細工物を出し、手の上に載せていた。

「坂下様」

「わかった、わかった。見てこよう」

坂下は木村の視線に尻《しり》を叩《たた》かれるようにして、薬売りのもとへ向かった。しかし、近づいてみてもなお、それが何なのか坂下にはわからない。

鳥のような、蝶《ちょう》のような形をした扇形の板の両翼に、それぞれ鈴がぶらさがっていた。しかもそれは針のような一点の足で、微動だにせず薬売りの指先に載っている。

「薬売りよ、これは……」

坂下が近づくと、それは不意に正面を向き、ゆっくりと傾く。そして、またゆっくりと元の姿勢に戻った。それはまるで、お辞儀をしているかのように見える。

「見事なカラクリだ」

思わず、素直な賛辞を口にしてしまう。すると、薬売りは微笑を浮かべ、

「これは天秤《てんびん》です」

と言った。

「天秤と言っても、何をはかるのだ。皿も付いていないではないか」

「人に、見えざるものとの距離を」

「距離？」

と、不意に天秤が独りでに傾き、ちりん、と鈴を鳴らす。そして、小刻みに震え始めた。それまで穏やかに微笑んでいた薬売りも、にわかに険しい表情を見せる。

坂下も、自然と息を呑《の》んだ。

「人を脅かすのも、度が過ぎるぞ」

「天秤は、嘘をつかない」

その声音には有無を言わせぬ響きがある。薬売りは天秤から視線を外そうとはしなかった。

それから、どういった仕組みなのか、薬売りが触れてもいない行李の扉が開き、引き出しの一つがするりと飛び出す。そこには沢山の天秤が納められ、そのどれもが同じように小さく震えていた。

坂下はたちまちどろりとした風が周囲を取り巻き、息が詰まるような思いがした。七つ口の喧騒《けんそう》が遠のき、なぜか外の雨音だけが耳に届いて離れない。

薬売りは不意に坂下を見つめると、言った。

「——モノノ怪《け》が、近い」

■

カメには昔、一人の友人がいた。

家で働く女中の娘で、同い年だった。おつかいや掃除など、母親の仕事を手伝いにやってきて、その折に話し相手になってくれたのだ。カメは習い事も読み書きも、家に先生を呼んで教えてもらっていたから、外に出る機会もない。当然、年の近い友人は彼女だけだった。

彼女がしてくれる外の話は、いつも面白かった。四辻《よつつじ》で繰り広げられた魚売りと豆腐売りの喧嘩《けんか》や、宿屋の二階から落ちた酔っぱらいの芝居役者、それから、嫁入りの日に一家全員が姿を消したお屋敷の噂。しかし、彼女はいつも決まって、「カメちゃんがうらやましい」と言うのだった。

「わたしなんて朝から晩までお手伝いだもの。それで、何かあるとすぐに叱られるの」

「叱られるのって、どんな感じ？」

「カメちゃんは、叱られたことないの？」

「うん」

カメの問いは、ともすれば反感を買ったことだろう。しかし、友人は気を悪くすることもなく——あるいは腹の内は押し隠したまま——しばらく考え込んだ末に、こう答えた。

「自分が本当に悪いことをしたり、間違っていた時は、しょうがないかなって思うよ。でも、お母さんがいらいらして、ただ大きな声を出したがってる時は、すごく嫌」

「それって、わかる？」

「見ただけでわかる」

あの時、その見分け方を、どうして聞かなかったのだろう。

カメは麦谷の顔をぼんやりと見つめながら、そんなことを思っていた。

「まずは、その淫《みだ》らな心を、きれいに洗い流してあげます」

彼女はカメを自室の二階に連れて来るやいなや、三角枡《ます》に注いだ水をカメの頭の上からかけたのだった。最初、カメは自分の身に何が起きているかわからなかった。あの吐き気を催す臭いが肌を伝い、全身を浸してようやく、「これが叱られるということか」と思い至る。その途端、全身がわなわなと震えて、目が潤んだ。

麦谷は笑っていた。彼女は水をもう一杯掬《すく》ってくると、ゆっくりとカメの頭に注ぐ。

「あなたが真面目にお勤めする気がないことなど、わかっているんです」

「一生懸命……やっているつもりです」

「あの不手際を見て、誰がそう思うのかしら」

「器用じゃないから、人よりも時間がかかってしまって」

「それなのに、誰よりも遅くまで寝ているのね」

麦谷はカメの頭に最後の一滴まで残さず水をかけ、満足げに息をついた。そして、尋ねる。

「あなた、なぜ大奥に来たの」

カメはうつむいたまま黙るしかない。顔を伝った水がぽたり、ぽたりと畳に落ちた。まるで自分の周りだけ雨が降っているみたいだ、とカメは思う。

「ちょっとばかり器量が良いからって、お勤めを適当にこなして、天子様の手が付くのを待っているのでしょう」

「そんなことは」

「じゃあ、これは何ですか」

麦谷は傍に積み上げられたカメの荷物から、絹の風呂敷《ふろしき》を拾い上げる。あっ、と思った時にはもう遅い。麦谷が包みを解《ほど》いてしまう。

「あら、素敵」

その中にあったのは、簪《かんざし》や笄《こうがい》といった装身具だった。部屋替えに当たって他の荷物と一緒に運んできたが、壊れやすいものばかり包んでいたために、一番上に置いておいたのだ。

「井戸に櫛《くし》を捨てたのも、代わりがいくらでもあったからですか」

「違います！　それは、普段はつけるつもりはなくて、特別な行事の時に……」

「天子様がいらっしゃるからでしょう？　あなたのような、お目通りもない下々の方でも、行事の時は別ですからね。少しでも気を引きたいと、そういう算段かしら」

違う、と言えば嘘になる。しかし、奥女中たるもの、美しく着飾って天子様の目を喜ばせるのは、大切な務めではないのだろうか。現に麦谷が挿している櫛も、カメが祖母や母から譲り受けた装身具と遜色《そんしょく》がないように見えた。

「わたしも、麦谷様のように美しくなれればと」

カメがそう言うと、麦谷はさっと顔色を変える。

「愚弄《ぐろう》しているの?」

「えっ」

「わたしは、お勤めにふさわしい姿をしているだけです! あなたの軽薄な考えと一緒にするなど、無礼千万!」

「そんなつもりは……!」

「あなたは結局、大奥に尽くす覚悟がないんです! こんなものがあるから、届きもしない夢ばかり見て、日々のお勤めを忘れるのでしょう!」

麦谷は障子に駆け寄り、開いた。途端に、湿った外の冷気がどっと流れ込む。

「代わりに、わたしが捨てて差し上げます!」

やめて! とカメが叫ぶより早く、麦谷はカメの装身具を二階から放り投げた。

■

天秤《てんびん》が、傾いた。

ちりーん、と七つ口に鈴の音が響き渡る。

「来た！」

叫ぶと同時に、薬売りが地を蹴《け》り跳躍した。坂下の頭上を軽々と越えると、長局向へと繋《つな》がる門の前に降り立つ。不意を衝《つ》かれた坂下は、叫ぶことしかできない。

「そこを越えれば、打ち首だぞ！」

薬売りは一瞬坂下を振り返ったが、その表情は能面のように色がない。先ほどまでとはまるで別人で、坂下は全身の肌が粟立《あわだ》った。

「待たんか！」

坂下の制止を無視して、薬売りは門を越えて駆けていく。すぐに、驚いた女中たちの悲鳴が聞こえてきた。

周囲を見回すと、部下である須藤、浅沼も事態に気づいているようだったが、七つ口を訪れる商人たちの人垣が道を阻んでいる。不安そうにこちらを窺《うかが》う木村の目線が痛い。結局、この事態を招いたのは、自分の油断。せめて、この手でやつの首を落として、責任を果たさねばならない。

「ええい、くそっ！」

坂下は薬売りの後を追って、長局向に向かった。廊下を走り、中庭の太鼓橋を越える。薬売りの姿は既に見えなくなっていたが、行き先はすぐにわかった。長局向、三

の側の一角を女中たちが遠巻きに見つめている。あそこは確か、

「麦谷殿の……？」

ようやく部屋にたどり着くと、入ってすぐ、薬売りの背中が見えた。おい、と声をかけようとして、ふと部屋の内装に気を取られる。部屋の主の趣味なのか、数え切れぬほどのこけしが飾られている。そのどれもが、目から黒い涙のような筋を垂れ流し、頰を汚していた。

そして、不意に鼻をつく異臭。坂下はなぜか、池が腐り、死んだ魚が白い腹を晒《さら》して浮かんでいる様が思い浮かぶ。

チリーン。

薬売りが手にしていた天秤が、再び鳴った。

「奥か！」

「おい、待て！」

後を追うと、部屋付きの土間に一人の女中が倒れている。

「淡島殿！　どうなされた！」

淡島は顔面蒼白《そうはく》だったが、怪我をしている様子はなかった。ただ腰を抜かしたのか、ろくに立ち上がることができないらしい。薬売りはその傍らに膝《ひざ》を突き、彼女の目を

覗《のぞ》き込んだ。

「何を、見た」

淡島は首を横に振るばかりで、答えない。しかし、遅れて部屋に入ってきた須藤と浅沼によって、沈黙はすぐに破られる。

「坂下様！」

「曲者《くせもの》はどこですか！」

そして、アサまでもが、切羽詰まった表情でこの場に現れた。

「こちらから、麦谷様とカメちゃんの悲鳴が――」

ちりん。

天秤が傾き、部屋の二階を指し示した。薬売りは目を細め、脱兎《だっと》のごとく階段を上がる。坂下も追いかけようとするが、淡島に縋《すが》りつかれてしまう。

「いかないで！」

その隙をついて、アサが階段を上って行った。坂下は淡島を振り払おうにも、手荒な真似はできない。

「淡島殿、お放しくだされ！」

「ダメよ！　絶対に置いていかないで！」

「しかし、おアサが！」

須藤と浅沼が代わりに階段を上ろうとすると、淡島は二人まで呼び止める。

「あなたたちは、奥女中を守るのが仕事でしょう！」

その叫びは、ほとんど悲鳴に近い。表使の淡島に命じられれば、坂下たちに拒む術《すべ》はなかった。せめてもと思い耳を澄ますが、上の階からは何も聞こえない。

「これは何事だ」

その声に振り返ると、歌山が立っている。坂下たちはもちろん、それまで腰を抜かしたままだった淡島も、なんとか姿勢を正し、平伏した。

歌山がなおも厳とした声音で言う。

「坂下、面を上げよ。一体、何が起きたのだ」

「……それは、その」

事の次第を確かめようとしたのだが、淡島のせいで動けなかった……とは口が裂けても言えない。答えを濁していると、突然淡島が口を開く。

「水に、ございます！」

「……水？」

「二階から、麦谷さんの叫ぶような声が聞こえたのです。そこで覗いてみたところ、大きな水が麦谷さんを呑《の》み込んで――」

ぱらぱら、ぱらん。

淡島の言葉を遮って、突然、明るい音が聞こえた。皆が思わず周囲を見回すが、出どころはわからない。それは耳の傍で鳴っているようにも、遥《はる》か遠方から届いたもののようにも思える。

ぱらぱら、ぱらぱら、ぱらん。

「何の音だ、これは」

須藤がつぶやく。すると、淡島が「いやあああ！」と突然叫びだした。全身が震え、焦点は定まっていない。

「水が！　水が！」

「淡島、気を静めよ。その水とは、一体何だ」

歌山も淡島の怯《おび》える様子にやや気圧《けお》されている。坂下は刀の鯉口を切りながら、必死にあたりを見回した。

ぱらぱら、ぱらん。ぱらぱら、ぱらん。

それから、ふと思い至る。これは確かに、水の音――雨が傘に当たる音ではないか。

次の瞬間、天井から一つの塊が降ってきた。水が周囲に飛び跳ね、坂下はとっさに袂《たもと》で歌山を守る。そして漂うのは、一層強く鼻を刺す、あの臭い。

落ちてきたものが何であるか、最初に気づいたのは歌山だった。

「麦谷！」

干からびた腕、深く落ちくぼんだ目、萎《しぼ》んだ頰。

麦谷は体の水を全て搾り取られているように見えた。無論、息はない。

周囲には、異臭を放つ水たまりが広がっている。

それはまるで、獣に骨の髄までしゃぶりつくされた骸《むくろ》のようだった。

「間に合わなかったか」

ふと、どこからか声がしたかと思うと、十段以上もある階段を一息に飛び降り、薬売りが戻ってくる。

「貴様、何奴！」

歌山が動じることなく問うと、薬売りはにやりとした。

「ただの、薬売りです……」

■

アサが悲鳴を聞いたのは、自室で献上品が記された帳面を検分している時だった。

微《かす》かな、二つの叫び声。それに気づいたのは、ずっと聞き耳を立てていたからだろう。カメが半ば無理やりに連れていかれ、アサは気もそぞろだった。麦谷の部屋の方から何か聞こえないかと、ずっと身構えていたのだ。

アサは帳面を放り出して麦谷の部屋に駆けつけた。倒れた淡島や坂下たちなど、目にも入らない。長局向に薬売りがいることさえ、気にならなかった。突き動かされるまま、薬売りの後を追って階段を上った。

「カメちゃん！」

アサはすぐにその姿を見つけた。全身がしとどに濡《ぬ》れ、部屋の奥に倒れ伏している。

駆け寄ろうとすると、薬売りに手で制された。

彼はもう一方の手の上に、蝶《ちょう》の形をした玩具《がんぐ》のようなものを載せていた。それはまるで勢いを失った独楽《こま》のようにふらふらと揺れていたが、やがてぴたりと動きを止める。

「去ったか……？」

薬売りはそうつぶやいて、玩具を投げた。いや、投げたというより、玩具自体が飛んだ、というべきか。ふわりと浮いて部屋の隅に降り立つと、不思議なことにぴたりと静止する。薬売りは背負子《しょいこ》を下ろし、行李《こうり》の引き出しから同じ形の玩具を三つ取り出した。それもまた、それぞれ独りでに飛んで、部屋の隅に降りる。

アサは薬売りが小さくうなずくや否や、カメのもとへ向かった。

「カメちゃん？」

揺らしても、反応はない。触れた彼女の手が井戸水のように冷たくて、アサは悲鳴を上げそうになる。

すると、薬売りが隣に膝を折り、カメの首元に手を当てた。

「生きている。じきに目覚めるだろう」

その言葉に、アサは胸をなでおろす。わけもわからず目頭が熱くなって、ほとんど涙がこぼれ落ちそうだった。

「ここには、もう一人？」

薬売りに尋ねられ、アサはなんとか震える声を抑えて答える。

「麦谷様がいたはずです」

「……冷静で助かるね」

そう言って微笑む薬売りは、実際はアサの動揺などお見通しのはずだ。しかし、それでも彼の言葉を聞いて、アサは背筋がぴんと伸びるのを感じた。そうだ、こういう時こそ落ち着かなければならない。

周囲には、やはり麦谷の姿はなかった。あるのは積み上げられたカメの荷物。それから、

「……手毬《てまり》？」

いくら荷物の多いカメと言っても、さすがに玩具までは持ち込んでいなかったはず。

それに、アサはその手毬に、どこか見覚えがあった。

そう、確か、大奥に来た日、濡れた女の人と手毬が――。

不意に、カメが水を吐き出した。しばらく咳《せ》き込んで落ち着くと、アサを見上げて、きょとんとする。

「……アサちゃん？」

「良かった……！」

アサはカメを抱きしめる。カメもまた、弱々しいが、それでも確かにアサの首に手をまわした。実際、二人が抱擁していた時間は、ほんの数瞬に過ぎない。それでも、ゆっくりと腕を解き見つめ合うと、少し気恥ずかしい。アサはそれを誤魔化すように、

「カメちゃん、麦谷様は？」

と尋ねる。するとカメの表情が凍り付いた。そして、代わりに応《こた》えたのは薬売り。

「どうやら間に合わなかったようだ」

「え？」

気づけば彼は部屋の外を見つめていた。開け放たれた窓の向こうには、昼頃から降りしきる長雨が大奥を白く煙らせている。

ぱらぱら、ぱらぱら、ぱらん。

どこか聞き覚えのある音が、部屋に響く。

しばらくすると、階下から悲鳴が聞こえた。

「ひっ！」

アサに再びしがみついたカメは、酷《ひど》く震えている。それは濡れた寒さだけが原因ではないだろう。アサの手にも、自然と力が入る。

気付いた時には、薬売りは階段を飛び降りていた。アサもカメに肩を貸し、なんとか一階に戻ると、空気は息苦しいほどに張り詰めている。飄々《ひょうひょう》と微笑む薬売りと歌山が、干からびた人間の亡骸《なきがら》を挟んで対峙《たいじ》していた。

「麦谷様……」

ぽつりと、アサにしか聞こえないようなか細い声でカメがつぶやいた。まさかとは思ったが、やはりその骸は麦谷らしい。眩暈《めまい》を覚えるが、なんとか足腰に力を入れる。

アサが死体を前にしても頽《くずお》れないでいられるのは、ひとえにカメの身体を支えているからだった。

剣呑《けんのん》な空気の中、最初に動いたのは薬売りだった。彼はその仔細《しさい》を検分するかのように、麦谷の死体に歩み寄った。

「触れるな！」

歌山の鋭い一声に遅れて、須藤、浅沼の二人が刀を抜く。

「動けば、容赦はないぞ！」

坂下の横顔からはいつもの朗らかさが消え去っていた。しかし、薬売りは顔を上げさえせず、じっと麦谷の骸を睨《にら》む。

「殺したのは――モノノ怪《け》だ」

その場にいた皆が、息を呑《の》んだ。歌山だけが動じず、すぐに反論する。

「大奥に、そんなものはおらぬ」

「しかし、これは人のなせるものでは、ない」

「怪しきは、そなたの方であろう」

歌山は不愉快そうに眉《まゆ》をひそめた。気を呑まれていた坂下も、思い出したように声を張る。

「大奥に許可なく立ち入り、狼藉《ろうぜき》を働いた罪！　覚悟の上か！」

抜刀した二人がじりじりと薬売りに詰め寄った。それでも、薬売りは泰然と言い放つ。

「斬らせて、いただく」

「なんだと？」

「元凶たる、モノノ怪を、この手で」

不意に、薬売りが頭上に腕を突き上げた。次の瞬間、アサのすぐそばを何かが勢いよく通り過ぎ、薬売りの手の中に納まる。

剣だ。

剣が、ひとりでに薬売りのもとへ飛んできたのだ。その柄頭《つかがしら》には鬼面のごとき異様な彫琢《ちょうたく》が施されている。大きく開かれた鬼の口には鋭い歯が並び、その眼《まなこ》はまるで何かを探すようにぎょろりと回転した。

「モノノ怪を斬らねば、怪異を収めること能《あた》わず。されど、人がモノノ怪を斬ることもまた、能わず」

薬売りが突然朗々と語りだす。その声音には誰もが思わず口をつぐむような力強さと、自然と耳を傾けてしまう甘美さが奇妙に入り混じっていた。

「ゆえにこの剣、陰陽八卦《はっけ》が一振り、坤《こん》の剣がある。これすなわち、我ら六十四卦《ろくじゅうよんけ》が携えし蒐我《しゅうが》の業物《わざもの》。またの名を——退魔《たいま》の剣」

「面妖《めんよう》な！　刀を隠しておったのか！」

須藤、浅沼が刀を一斉に振り下ろした。アサは思わず目をつぶる。しかし、肉が断たれる音はおろか、刀と刀が切り結ぶ音さえ聞こえない。その代わり、土間に響いたのは、「いたっ」「うっ」という二人の間抜けな声。

目を開けると、須藤たちは見事に尻餅《しりもち》をつき、薬売りだけが先ほどと変わらず飄々と立っている。坂下も刀を抜きかけていたが、薬売りが鞘《さや》に入ったままの剣でその柄頭を押え込み、動きを封じていた。

「少しばかり、静かになされよ」

ぽん、と軽く剣で押されただけだというのに、坂下はよろめいて数歩も後ずさる。

アサは武芸の嗜《たしな》みもなく、人が斬り合う様も見たことはない。それでも、両者の力量の差は歴然としていて、坂下が追撃に二の足を踏んでいることは容易に見て取れた。

そして、斬りかかるならば好きにしろとでも言うように、薬売りは無防備にしゃがみ込み、床を指で切るように撫《な》でた。

「濡《ぬ》れた床が円の姿を描き、乾いていく……」

よく見ると、麦谷の死体を囲むように水の輪がある。その内側は乾き、外側にだけ水たまりが広がっているのだった。

薬売りが微《かす》かに笑ったように見えた。

「これは、唐傘《からかさ》だ」

キンッ！　と、突然、薬売りの剣が鳴る。柄に施された鬼面が、まるで生き物のように歯を打ち鳴らしたのだ。

「形を――得た」

薬売りは立ち上がり、つぶやく。そして、おもむろに一同を眺め渡し、どこか挑発するような笑みを浮かべた。

「急ぎモノノ怪を斬らねば、また人が死ぬ」

その言葉に苦虫を噛《か》み潰《つぶ》したような顔を見せたのは、坂下だった。もはや薬売りを斬る気は失《う》せたのか、柄に添えていた手をだらりと下ろす。

「なぜ、大奥が襲われるのだ」

「唐傘の情念は、この地に絡みついている。晴れるまで、幾度でも人を殺《あや》めるだろう」

カメが一層強くアサの手を握りしめた。横目に見ると、彼女は何かを堪《こら》えるようにうつむき、震えている。

「カメちゃん、もしかして」

モノノ怪を、見たの？

しかし、アサがその問いを発するよりも先に、歌山が薬売りに詰め寄った。

「剣があるなら、さっさと斬ればよかろう。説教をせずともよい」

「まだ、抜くことができない」

「……貴殿は我らをからかっているのか、それとも、ただの痴《し》れ者か」

傍らで聞いているだけだというのに、アサはその冷え冷えとした声音に臓腑《ぞうふ》がぎゅっと絞られる。自分が薬売りの立場ならば、まともに目を合わせることもできなかっただろう。

しかし、彼はつゆとも表情を変えず、淡々と続けた。

「この剣を抜くには条件がある。形、真、理、この三様が揃わねばならない。形とは妖《あやかし》の名。真とは事の有り様。理とは心の有り様。――すでに、形は得た。唐傘とは、雨降るところに現れ、されど濡れるのを嫌うあまのじゃく。これが、大奥に燻《くすぶ》る情念と混じり合い、人を枯らすモノノ怪と成った」

雨除《あまよ》けも、ひとたび過ぎれば渇きとなる。今更ながら、アサは麦谷の苦しみに思いを馳《は》せた。生きながらにして水を奪われ干からびる。まるで陸に打ち上げられた魚ではないか。

「貴様がその三様を集めれば、モノノ怪とやらを斬ることが出来ると」

「相違ない。ただし、語るのはあなた方だ。何が起き、いかなる想いが生まれたか。皆々様の真と理──お聞かせ願いたく候……」

試すような薬売りのまなざしに、ほとんど間を置かず歌山は応《こた》えた。

「……大奥への出入りを許す」

「歌山様！　それは！」

とっさに坂下が割って入るが、一睨みで制すると、歌山は続ける。

「急ぎ斬ってみせよ、薬売り。この務めを果たさぬ限り、そなたは大奥を乱した大罪人だ。じきに首が落ちると心得よ」

薬売りは静かに頷《うなず》いた。歌山はそれから周囲に目を向け、

「なお、此度《こたび》の件について他言は無用だ。──淡島、大餅曳《おおもちひき》が終わるまで、麦谷は死んではおらん。わかるな？」

しばし淡島は呆然《ぼうぜん》としていたが、慌てて頭を下げると絞り出すような声で言った。

「承知、しました……」

アサは一瞬歌山と目が合う。しかし、結局何を言うこともなく、歌山は部屋を後に

した。淡島はおもむろに立ち上がると、

「坂下、ここには人の入らぬよう見張りを立てなさい。麦谷さんについては、わたしが対処します。そのままにしておくように。……おアサさんは、おカメさんを元の部屋に連れて行ってちょうだい」

と言って、どこか逃げるように部屋を出ていった。

アサはカメと共に部屋を出ようとしたが、その前に薬売りがふらりと行く手を阻む。

「何があったか、お聞かせ願いたい」

薬売りの目はカメに注がれている。彼女の身体が再び強張《こわば》るのがわかって、アサは咄嗟《とっさ》に口を開いた。

「カメちゃんは休まないといけないんです。またの機会にしていただけますか」

今はそっとしておいてほしかった。少し不躾《ぶしつけ》だと思ってしまったのは確かだ。ただ、薬売りに悪意はないこともわかっている。自分の言葉が思ったよりも刺々《とげとげ》しく響いたことに、かえってアサは罪悪感を覚えた。

「……そうですね。では、また」

薬売りがすぐに道を譲ったために、アサはますます居たたまれなくなる。

自分はただ、カメのことが心配だっただけ。心の中でそう繰り返すほど、なぜか穏やかでいられない。今度はアサがカメと共に、逃げるようにして部屋を出た。

廊下を歩きながら、ふと耳もとでカメが囁《ささや》いた。

「……アサちゃん、ありがとね」

「ううん、いいの。カメちゃんが無事で、よかった」

「……うん」

「本当に、よかった」

「……うん」

その時、アサはようやく、色々なことが腑に落ちた気がした。大切なのは、これだ。

麦谷の死も、モノノ怪《け》のことも、今はどうでもよい。ともかく、まずは友人の無事を喜ぶべきではないか。

アサは自分に預けられたカメの重みに集中した。すれ違う女中たちのまなざしも、降りしきる雨も、胸の内から、あらゆるものを追い出して、ただカメの重みだけを思った。

すると突然、どうしようもなく泣きたくなってしまって、アサは必死に息を吐き、それを誤魔化す。

二人は廊下をゆっくりと、いつまでもゆっくりと歩いた。

■

この日、二手に分かれて調べを進めていた三郎丸と平基は、暮れ六つで部屋に戻り、それぞれの成果を話そうということになった。近くに人がいないことを確かめ、襖《ふすま》をぴたりと閉めると、平基が口を開く。

「大餅曳の前に大奥を去った女中の話だが、どうやら名のある仕出し屋の娘だったようだ。御仲居になったはいいが料理の腕はいまいちで、随分と周りから絞られていたらしい。結局、病を理由に家に帰り、その後はすぐ米屋に嫁いだ」

「……こちらで聞いた話と相違ないな。商いの才はあったのか、今は大奥の御用達《ごようたし》になっているらしい。時折、七つ口に顔を見せるとか」

「ほぉ、逃げ出した奉公先に米を売るとは、中々肝が据わっている。それに……」

平基は、何かを察したように、すっと目を細めた。

「大奥とは後腐れがないのか。少なくとも、歌山殿が隠したがるような話ではないようだな」

「そういうことだ」

事実、商家の娘の多くは、嫁入り修業として大奥の奉公に上がるらしい。奥女中の暇乞《いとまご》い自体は珍しい話ではないのだ。件《くだん》の娘が大餅曳の延期の原因であるとは考えにくい。

「問題は、大奥を去った女中が、もう一人いたということだ」

「……何だと？」

「分限帳によると、先の女中と同じ頃に、大奥へやって来た娘がいた。宿元は表使ということになっているが、金で縁故になったらしい。実際の出自は記録から辿《たど》ることができなかった。出自がわからぬ以上、今、その女中がどうしているかは、確かめようがない」

「つまるところ、手詰まり、と」

三郎丸は苦々しく頷く。平基もまた、珍しくため息を漏らした。

「思っていた以上に、女の城の守りは堅いな。こちらも噂はつかめるが、肝心なところがわからない。歌山への忠義か、それとも、もとより隠されているのか……。ところで、姉君にはまだ会えぬのか」

「そちらは頼りにしてくれるな。公私は混同できぬ」

「そう言って、巻き込みたくないだけであろう。此度の話、思ったよりも深いからな」

三郎丸は何も応えなかったが、平基の推察は実際正しかった。このお目付け役としての務めも、全ては我が身の立身出世、ひいては時田家の繁栄のため。もしも姉が関わっていたと暴いてしまえば、彼女の御中﨟としての地位を奪うことになるかもしれない。それこそ、本末転倒ではないか。

しばらく沈黙が続いた後、平基はふと笑って、口元を緩めた。

「ところで、昼間の件は聞いたか」

「昼間？」

三郎丸が首をかしげると、平基は簡単にあらましを語ってくれる。麦谷の部屋から悲鳴が聞こえ、その後、謎の男や歌山が部屋に入っていったらしい。そして、今は何人も立ち入りを許されていないという。

「怪しいな」

「だろう？　しかし、これまた手詰まりなんだ。あの広敷番のやつら、口を割らん」

「彼らが仕えるのは大奥だからな。仕方あるまい」

「だが――」

「時田様、嵯峨様、失礼いたします」

と、不意に、襖の向こうから声がかかる。どうやら夕餉《ゆうげ》の時間らしい。相も変わらず、豪勢な食事が運ばれてきた。

「本日は、御膳所《ごぜんしょ》秘蔵の酒盗をお持ちいたしました。嵯峨様はお酒がお好きなご様子、よろしければ併せてご賞味ください」

配膳を終えた女中が去り、その足音が遠ざかったのを確認すると、平基はにやりと笑う。

「これだから、嫌いになれんよ」

三郎丸は苦笑するが、平基が徳利《とっくり》を掲げると、素直に盃《さかずき》を差し出した。

「お、気が変わったか」

「八方塞《はっぽうふさ》がりなんだ。飲まずにはやってられん」

「初めから言ってるだろう。肩の力を抜けと」

なみなみと注がれた酒を、三郎丸は一息にあおる。手塩皿に盛られた酒盗もつまんでみると、なるほど下手な料理屋で出てくる代物よりも上等だった。

「しかし、どうしたものか」

三郎丸が独り言のように言うと、平基は黙ったまま盃を干した。軽口を叩《たた》いてはいるが、この行き詰まりを感じているのは同じなのだろう。

それからしばらく、部屋にはとくとくと酒が注がれる音ばかりが響いた。いくら飲んでも酔えないのは、頭の片隅にどうしても大奥の隠し事が居座っているからだろう。この女たちの城には、表とは異なる、もう一つの堅牢《けんろう》な秩序がある。それは天子様を頂に、三千もの女中、用人たちによって守られ、営まれるのだ。その綻《ほころ》びを見つけるのは、容易なことではない。

しかし不意に、平基が「そうだ！」と声を上げた。

「大奥の者が駄目なら、外の者ならどうだ」

「表の記録は役に立たなかっただろう」

「そうではない、男だ。麦谷殿の部屋に現れたという、謎の男。そいつに当たってみよう」

なるほど、確かにその男は余所者《よそもの》らしい。城に紛れ込んだ鼠という意味では、自分たちと同じかもしれない。

「して、一体何者だ」

「わからん。聞いた話によると、近頃七つ口に居座っている、薬売りだと」

三郎丸は、以前大きな行李《こうり》を背負った男が坂下と話していたことを思い出す。あの、奇妙な風体の男か。

「ますます怪しいな」

「だろう?」

三郎丸は平基と視線を交わし、思わず二人して失笑する。果たして、行方を導く光明となるか、更なる暗闇への引手となるか。わからぬが、とりあえずすべきことは見つかった。

薬売りとやらに、会わねばなるまい。

■

とっぷりと日も暮れて、小さな灯明を頼りに帳面の確認をしていた折、アサは歌山からの呼び出しを受けた。小間使いの女中も下げられ、がらんとした部屋には歌山が一人。文机《ふづくえ》を挟んで平伏すると、

「もっと近くに」

と呼ばれる。どこか密談めいた空気に、アサは自然と気が張り詰めた。

しかし、歌山はすぐには話を切り出さない。おもむろに後ろの箪笥《たんす》から徳利と猪口《ちょこ》を二つ取り出した。器に注がれるのは、わずかに白濁した液体。甘く妖《あや》しげな香りが漂った。

歌山は自分の盃をくいっと一息に飲み干すと、

「飲まんのか？」

と微笑む。アサは何と返したらよいのか、見当もつかない。いつも鎧《よろい》のような厳粛さをまとう歌山がこうして酒を嗜《たしな》むというのは、どこか夢を見ているような気分にさえなる。

「わたしは、まだ」

「これは水だと思えばよい。御水様の、特別な水だ」

「御水様の……」

アサは猪口に手を伸ばすが、それでも踏ん切りがつかなかった。そうこうしているうちに、するりと歌山の手が伸びて、アサの盃も干されてしまう。歌山のまなざしには寂しい光が垣間《かいま》見《み》えて、アサは今、自分が何か大切な期待に応《こた》えられなかったのだと痛感した。

しかし、歌山は一度視線を切ると、普段の表情に戻る。

「カメはどうしている」

彼女は自分の分だけ酒を注ぎながら、そう尋ねてきた。

「部屋に連れて行ってすぐ眠ってしまいました。ひどく疲れていたようで。……とても、怖い思いをしたのだと思います」

「怖かったのは、化け物か?」

「え?」

「麦谷は器量の良い新人には手厳しかったからな」

言外に、お前も知っていただろう、と言われているような気がして、アサは胸が詰まる。確かに、カメが目を付けられていたことは、わかっていた。麦谷の部屋にカメが連れていかれた時も、予感がなかったかといえば嘘になる。ただ、自分は気づかないふりをしたのではない。

「カメちゃん……おカメが気づくきっかけになるかと」

そうしたら、彼女はもっとうまくやっていけるのではないか。そう思ったのだ。

「傲慢《ごうまん》だな」

歌山の直截《ちょくせつ》な一言に、かっと顔が熱くなった。

「内心ではわかっていたのだろう? カメは大奥にふさわしい人間ではないと。それを伝える役目を麦谷に委《ゆだ》ねたということだ。違うか?」

アサは歌山と目を合わせることができなかった。目を合わせてしまえば最後、歌山の言葉を認めてしまうような気がして、じっと畳の目を睨《にら》むことしかできない。

するとわずかに歌山の声音が和らいだ。

「それが、高くから見える、ということだ」

「……！」

アサは、大奥にやってきた日、歌山から言われたことを思い出す。考えるよりも先に、口が動いていた。

「おカメに暇を出すのは、少しだけ待っていただけないでしょうか」

「これ以上、何を待つ。弱き者、貢献できぬ者に居場所はない。それは大抵最初の三日でわかるものだ」

「誰しも、変わることはできるはずです」

ほう、と歌山は目を見開く。それから、彼女は盃に視線を落とし、ぽつりとつぶやいた。

「そうだな……」

その時、歌山が何を思ったのか、アサには推し量ることができなかった。どこか息もはばかられるような大きな沈黙が波のように押し寄せ、退いていく。歌山は再び盃《さかずき》を干すと、

「カメの処遇は、お前に預ける」

と言った。そして、アサが言葉を返す間もなく立ち上がり、歌山は奥の間の方へ行ってしまったのだった。

歌山の部屋を出ると、正面に祭壇が見えた。夜闇《やあん》に沈んだ中庭にあって、大井戸の傍にある灯籠《とうろう》が頼りない明かりを周囲に落としている。と、そこに、アサは見覚えのある人影を見つけた。

「……淡島様？」

彼女は井戸の縁に立っていたが、やがて人目を忍ぶように立ち去った。アサは歌山との会話で火照った頭を冷やすべく、ふらりと中庭へ降りる。そして大井戸の手前に落ちていた、あるものが目に付いた。

手毬《てまり》だ。

まさか、とは思うが、大奥にそうそう落ちているものではない。近づき、手に取ってみると、やはり麦谷の部屋でも見たものだった。

モノノ怪《け》――。

薬売りの発した言葉を思い出す。すると、途端に生臭い冷気が吹き寄せて、肌が粟《あわ》立《だ》った。足が釘付《くぎづ》けになって、アサは進むことも戻ることもできなくなる。

びしゃり、びしゃり。

何か濡《ぬ》れたものを引きずる音が背後から聞こえた。早鐘のように鳴る鼓動が、頭を揺らす。

逃げたい。

ここから、逃げ出したい。

——この、腐った古池から、逃げなければ。

不意に、一つの見知らぬ声が、自分の中を通り過ぎたような心地がした。まるで、誰かが自分の口を借りて、つぶやいたかのような……

「あら、おアサさん」

振り返ると、そこにいたのは北川だった。彼女はすぐそばまでやってくると、祭壇の井戸に腰を下ろす。そしてからかうような笑みを向けてきた。

「こんなところで、手毬遊び？」

「あっ、いえ……これは」

アサはなんと説明したものかと頭を巡らせるうち、いつの間にか体のこわばりが解けていた。北川は特に答えを待つそぶりも見せず、井戸の穴に目を落とす。

「長局向は、息が詰まるものね」

アサもその視線に誘われるようにして、井戸を覗《のぞ》き込む。それは穴というよりも、一切の光が届かぬ黒々とした闇だった。ひとたび呑み込まれたら、二度と出ることのできない、大蛇の口。

「友人が……ここに大切な櫛《くし》を捨てたんです」

気づけば、そうつぶやいていた。なぜかはわからない。ただ、ふと傷が疼《うず》くように、あの時の光景が蘇《よみがえ》ったのだ。

「奥女中の……しきたりだからと……」

すると、北川の口からは「出離《しゅつり》の儀ね」と、聞きなじみのない言葉が飛び出した。

「……出離？」

「もともとは仏の道の言葉だったはずよ。俗世の欲を断ち、仏門に入るということ。ここでは、身も心も天子様に捧《ささ》げる、という意味だけれど」

確かに淡島も似たようなことを語っていた。それが大奥に生きるということだと。

「北川様も、お捨てになりましたか」

そう尋ねると、北川はしばらく黙ったまま井戸の底を見つめていた。そして、

「ええ」

とだけ答える。

その時、どっと風が吹いた。

雨がしたたかに全身を打って、驚いたアサは思わず手毬を落としてしまう。それは井戸に吸い込まれ、音もなく落ちていった。

「あっ」

アサはふと、麦谷様は何を捨てたのだろう、と思った。

たとえば、どこかに手毬をつくのが人一倍上手だった少女がいたとする。

少女が歳を重ねると、友人たちはいつしか手毬なんて子供っぽいと言い始めるだろう。それでも少女は手毬だけが取り柄だと思って、手放すことができない。しかし、少女はある日、大奥を訪れ、手毬を捨てることになる。出離の儀だ。もう子供ではいられないのだと、大人になるのだと、彼女は自分に言い聞かせる。

麦谷もまた、そんな少女の一人だったかもしれない。大奥にいる誰しもが例外なく、何かを捨てるのなら、やはり麦谷にも、捨てたものがあったはずなのだ。しかし、それが何だったのか尋ねる機会は、永遠に失われてしまった。

「こりゃあ、深い」

物思いにふけっていたアサを引き戻したのは、男の声だった。気づけば、井戸の縁ぎりぎりに薬売りが立ち、足元を覗き込んでいる。彼は横目にアサを見つめると、

「落ちそうだ」

と妙なことを言う。途端に悪寒が背筋を走り、アサは慌てて井戸から距離を取った。そして、寸前まで隣にいたはずの北川が忽然《こつぜん》と姿を消していることに気づく。アサが戸惑っているうちに、薬売りはひょいと井戸の縁から飛び降り、近づいてきた。

「想い、夢、それから情け……この世に満ちる断ちがたきもの。それを断つは、人の業にあらず」

暗がりに、白い肌が浮かび上がる。アサは改めて思った。この人の顔はぞっとするほど美しい、と。

正面から見つめられると、薬売りの目に心の奥底までまさぐられるような心地がした。

「ゆめゆめ、用心めされよ」

薬売りはそう言い残して、ふらりと脇を通り過ぎる。

からん、ころん、と下駄の鳴る音が次第に遠ざかり、やがて本当の静寂が下りてきた。今度こそ、アサは独りだった。

池の向こうに見える長局向では、一つ、二つと明かりが消えていく。アサは今になって、自分が家から遠く離れ、知り合いの一人もいない場所に来てしまったのだと思う。そして、おそらく二度と帰ることはできないのだ、と。

■

夢の中で、カメは海を見ていた。

崖際《がけぎわ》に建てられた六畳間の離れから眼下に広がる海原。それは毎日のように見た光景だった。分厚い夜を押しのけ、輝く朝焼け。磨き上げられた鏡のような凪《なぎ》。船から投網《とあみ》を打つ漁師と、それに影を落とす海猫の群れ。

そして、いつも隣には祖母がいた。本をめくりながら、時折カメの髪を撫《な》でる。枯れ枝のような指先は、時折毛に絡まって、ちくりとする。しかし、それでもカメは祖母のなすがままにした。

祖母は離れで暮らしていた。そこへ行くには、屋根もない木板を置いただけのような渡り廊下を通らねばならない。ある日、兄が夕餉《ゆうげ》の場で、「どうしておばあさまはご一緒に食べないのですか」と尋ねると、「おばあさまは独りがお好きなの」と母は言った。昔は祖母も母屋で暮らしていて、度々、母と激しい言い争いをした。よく母が泣いていたことを覚えている。確かその頃からだ。祖母が離れで暮らすようになったのは。

兄は離れに近づこうとするとひどく叱られていたが、カメはどれほど入り浸ろうが何も言われなかった。そもそも、叱られるということがなかったのだ。手習いや家の手伝いをしてみると、母親はきまって「無理しないでいいのよ」と言う。

「お前は綺麗《きれい》なんだから。何もできなくたって、誰かが嫁にもらってくれますよ」

父は勤めに、母は家事に、そして二つ違いの兄は鍛錬や手習いに、家にいる誰もがいつも忙しそうだった。すると、何もしなくていい、と言われても、自然に母屋にいるのは気づまりで、カメは離れで過ごすことが多くなった。

祖母は独りで煮炊きをして、洗濯も掃除も自分でこなした。空いた時間には本を読んで過ごしていた。彼女がそういった暮らしに何を思っていたのかはわからない。時々、読んだ本の話などを聞かせてもらうこともあったが、カメにはよくわからず、適当に相槌《あいづち》を打っていると祖母は自然と話をやめた。毎日、祖母の部屋に行っては海を眺めていたが、会話をすることはほとんどなかった。離れはいつも静かで、だからまるで波打ち際に立っているかのように、波の音が満ちていた。

大奥に奉公することになったと告げた日、祖母はしばらく黙ってカメを見つめていた。それから長い息をついて本を閉じると、簞笥《たんす》から縮緬《ちりめん》の巾着《きんちゃく》を一つ持ってきた。

「これは、あたしがここに嫁ぐときに持たされた嫁入り道具だよ。持っていきなさい」

中に入っていたのは、煌《きら》びやかな螺鈿《らでん》の櫛だった。

「いつ発《た》つんだい」

「十日後です」

「手土産も用意しておかないとね。身分の低い奥女中の中には、商家や庄屋《しょうや》の娘も多い。意外と飾らないものがいいかもしれない」

祖母は手元の紙に何かを書きつけると、「これを買ってくるように頼むんだよ」と言って、下女への言伝《ことづて》を渡してきた。そして、今度は衣装櫃《いしょうびつ》の中から小間物を取り出して、色合わせの吟味を始めた。

一方、カメはただただ当惑していた。十年以上もの間、祖母から何かをもらったことなどなかったのだ。餞別《せんべつ》をもらえることはもちろん嬉《うれ》しいが、心のどこかでは、彼女らしくない、と感じてしまった。

「おばあさま……」

おずおずと声をかけると、祖母の手が止まった。そして、彼女は視線を落としたまま、こう言った。

「あたしはもうずっと昔にね、諦《あきら》めたんだよ」

「……え？」

「この海が見える部屋に、満足したのさ。歳をとっていたというのもあるが、結局は意気地がなかったんだろうね」

「おばあさまも、大奥に行きたかったの？」

カメが尋ねると、祖母は珍しく声を上げて笑った。

「あんたのその素直すぎるところは、心配になるね」

「え、えっと、それじゃあ……海に行きたかった？」

「……そうだね、海に行きたかった」

祖母はふと開かれた襖《ふすま》の向こうに目をやった。沖合は炎天にゆらめき、大きな入道雲がぶくぶくと膨れ上がっている。

「あんたもね、同じだと思っていた。海を眺めるだけでいいんだろうとね。でも、違った。あんたはたった一人で、舟を漕《こ》ぎ出すんだ。あたしがしてあげられることなんて、ここから手を振るくらいだよ」

そういえば、祖母はこういう話し方をする人だったとカメは思いだした。彼女はずっと遠くを見ている人で、遠くまで届くような言葉を選ぶ。もっと自分が賢ければ、その一つ一つを掬《すく》い取ることができたのだろうか。

ただ、それでも返せる言葉はないだろうかと、カメは必死に考え、それから言った。

「じゃあ、わたしが海に行ったら、おばあさまに手を振るね！　必ず、この離れを見つけるから！」

するると、祖母は顔をくしゃりと歪《ゆが》ませて、

「ずっと……すまなかったね」

と絞り出すような声で言った。

「どうして？」

「あたしは、外の世界を教えることもできたんだ……でも、あたしはあんたがここから飛び出して、独りになるのが怖かった。あんたがずっと、海を見ていたらいいと……」

そう言いながら、祖母の眼からははらはらと涙が落ちる。カメはもうどうすればいいのかわからず、思わず祖母の手を取って、誓いを立てるように言った。

「大奥には小さな海があるって、聞いたことがあるの。もし天子様に見初められたら、おばあさまも一緒に暮らそう？　そこで、また、海を見ようよ――」

カメが目を覚ました時、最初に思ったのは、この小さな海には欠けているものがある、ということだった。

たとえば、それは部屋を満たす波の音。不意に吹き付ける磯風。隣で海を見つめる、

もう一人の息遣い。この海はかつて見ていた海と似ているようで別物なのだと、今はわかる。振り返っても、もう手を振る祖母は見えない。……いや、振り返ることができないのだ。彼女の大切な櫛《くし》を井戸に捨てたあの瞬間から、ずっと……。

階段を上る足音が聞こえ、アサが顔を覗《のぞ》かせた。

「カメちゃん、おはよう」

彼女のほっとしたような笑みを見た途端、何か温かいものが、じわじわと全身に広がるのを感じる。アサは小さなおにぎりを二つ、盆にのせて運んできてくれた。

「ごめんね。これくらいしか残っていなかったの」

「……ありがと。わたし、また寝坊しちゃったのね」

窓から射しこむ日は既に高い。もう仕事に出払っているのか、階下からは先輩女中たちの声も聞こえなかった。

「そういえば、麦谷様は……」

自分から口に出しておきながら、カメは思わず身震いした。厳しい叱責《しっせき》を受けた後、何かが起きて、自分は気を失ってしまったのだ。その後のことも、思い出そうとすればするほど、身体の力が抜けてしまう。

アサは特にカメの問いには答えず、立ち上がりながら言った。

「カメちゃんはしばらく、わたしの部屋でお仕事すればいいって」

「え、本当？」

「支度が終わったら、部屋に来てね。急がなくていいから」

「わかった！」

アサが残していったおにぎりは中に焼き味噌《みそ》が入っていて、どことなく祖母の持たせてくれたものを思わせた。その心遣いがしみる一方で、カメは食べ進めるうちに、むくむくと情けなさが膨らんでくるのを感じる。同じ年月を生きてきて、アサちゃんはどうしてこんなに器用で、気が利くのだろう。どれだけのことをすれば、彼女のようになれるのだろう。先を進む背が遠すぎて、カメは時に途方に暮れてしまう。

それからカメは、母屋の隅で泣いていた母の背中を思い出した。突然に、当時の彼女の気持ちがわかったような気がした。祖母はなんでもできる人だったから、自分と比べると情けなくなってしまったのではないか。祖母は祖母で、母の居場所を奪わないようにと、あの離れにこもっていたのかもしれない。

幼い頃、忙しく立ち回る母を呼び止めると、彼女は付き合えないことを謝りながら、よくこう言っていた。

「お前のように、わたしは器量が良くありませんからね。懸命に働かないと、追い出されてしまうのですよ」

わたしも同じではないか、とカメは思う。郷里でいくら美人と持ち上げられても、大奥にはそれくらいの女中はいくらでもいる。この小さな海には、三千もの船が行き交っているのだ。漕ぐのをやめれば、すぐに外海へ流されてしまうだろう。

カメはおにぎりの最後のひとかけを呑《の》み込むと、急いで着替え始めた。

■

朝礼前、歌山の到着を待つ大広間は騒然としていた。

その理由は、三郎丸や平基の目にも明らかで、広間の一角に人目を惹《ひ》く男がいたからだ。そいつは行李《こうり》を隣に置き、身じろぎ一つせず座していた。

「七つ口にいた薬売りは、あれか」

平基が声を低めて言う。三郎丸もじろじろと見るのは不躾《ぶしつけ》かと思いつつ、どうしてもそちらに目が行ってしまう。以前出くわした際は、その傾《かぶ》いた身なりも物売りならばと思っていたのだが、ここにあっては、あまりに異様な佇《たたず》まいに見える。殺気にも似た空気が男の周囲にぴんと張っていて、まるで四方八方、壁の向こうにさえ目を光らせているような、そんな気がするのだった。

平基曰《いわ》く、

「大奥中に奇妙な仕掛けを置いて回っているらしい。天秤《てんびん》とかなんとか言ってな」

どうにも、怪しい。

薬売り自体も十二分に怪しいが、大奥がそのような輩《やから》を野放しにしていることが、輪をかけて不可解だった。総取締である歌山の耳に、話が届いていないはずもない。

と、そんなことを考えていると、まさに当人が現れる。いつものように大友を従えて、大広間の上座に立った。奥女中たちも水を打ったように静まりかえって、誰もが歌山の説明を待っている。

「皆、聞いてほしい。大餅曳《おおもちひき》まで、残すところ一日となったが、一つ知らせがある。麦谷が、急遽《きゅうきょ》実家に帰ることになった。今朝早く発《た》ったので、挨拶《あいさつ》もできない」

「なっ……」

三郎丸は思わず身を乗り出す。麦谷といえば、昨日昇進したばかり。どこか体を悪くしている様子もなかったはずだ。それが突然の帰休とは。

「どこかで聞いたような話だな」

平基がそう言って苦笑するが、口元は引きつっている。三郎丸も座っていながら、眩暈《めまい》を覚えた。一方、奥女中たちは平然としていて、どよめきの一つも起こらない。

歌山が続けて語ったことの方が、よほど驚きは大きかったらしい。

「それに伴い、アサの身分を御次とし、麦谷の役回りを引き継いでもらう」

アサの方を振り返る者も少なくなかった。彼女が大奥に来て、まだ指で数えられるほどの日数しか経っていないのだ。そんな新人が御次の身分とは、大奥の事情に疎い三郎丸であっても、ただ事ではないということは察せられる。

「大きな荷を背負えた者が、次の段を登る力をつける。できるな、アサ」

「お任せください」

歌山の問いかけに、アサは深々と頭を下げた。彼女の表情は、奥女中たちの陰に隠れて見ることができない。ただ、その淡々とした応答に、三郎丸はどこかうすら寒いものを感じずにはいられなかった。

「それから、そこに座っている男のことだが――」

部屋中の注目が薬売りに注がれた。

「それは形代だ。大餅曳の前に大奥の穢《けが》れを背負ってもらう。特別に歩き回ることを許しているが、触れることはもちろん、言葉を交わすことも堅く禁ずる」

抑えきれぬざわめきが漣《さざなみ》のように大広間を満たした。

「面妖《めんよう》な話になってきたな」

　平基は三郎丸にだけ聞こえるような声でつぶやく。

「歌山殿の謀《はかりごと》だろう。あの男の立ち入りを認める方便だ」

「厄除《やくよ》けに、人形に穢れを移して海に流すという話は聞いたことがあるが……いささか唐突だな」

「そこまでしてでも、させたいことがあるらしい」

　延期した大餅曳、失踪《しっそう》した奥女中、そして怪しき男……探れば探るほどに、大奥を覆う霧は深まっていく。この一件、果たして自分たちの手に負えるのか――三郎丸の胸中にはそんな疑念がよぎる。

　しかし、先行きが見えぬからと言って、投げ出すわけにもいかない。朝礼の後、三郎丸と平基はひと気のない廊下で薬売りを捕まえた。平基は単刀直入に切り出す。

「なぜ物売りが大奥にいる。いかな手管で、歌山殿を懐柔した」

　薬売りはじろりとこちらを見つめてきたが、不意に笑みを浮かべる。

「大奥を祓《はら》え――そのように、歌山殿が望んだのです」

「でまかせはよせ。形代だの穢れだの、あんな話を素直に信じるのは大奥の人間だけだ。……心配はいらぬ。我々はお目付け役、本当の話を打ち明ければ、お前は見逃してやる」

「本当の話、ですか」

「奥女中が、御用商人や坊主を部屋に呼び込み、よろしくやっていたという話はいくらでもある。見たところ、お前は随分と男前じゃないか、なあ、三郎丸」

平基はどうやら歌山の密通相手と踏んでいるらしい。突然話を振られ、三郎丸は一拍返事が遅れてしまった。すると、なぜか薬売りは三郎丸をまっすぐに見つめ、

「真を、ご存じのようだ」

と言う。

「……真？」

ぱら、ぱら、ぱらん。

ふと雨音が響いた。すぐにしめやかな雨が降り始める。

それから、突然、傍に置かれていた奇妙な天秤が傾き、鈴を鳴らした。薬売りはおもむろに袂《たもと》から短剣を取り出す。

「お前、得物を……！」

平基が刀に手を伸ばしかけたところを、三郎丸は制した。薬売りはどこか遠くを睨《にら》み、こちらには脇目も振らない。その手に握られた剣は、かちり、かちり、と不思議

な音を鳴らしている。

「ある二人の女中について、話をしたい」

三郎丸がそう言うと、薬売りの動きがぴたりと止まる。剣もまるで息を潜めるように、静かになった。

「その代わり、昨日麦谷殿の部屋で何があったのか、聞かせてくれ」

「なるほど……」

薬売りが浮かべた笑みに、三郎丸はぞくりとする。

そして、突然、雨脚が強くなった。まるで天が薬売りの言葉に慄《おのの》くように、びょうびょうと風を吹き鳴らし、雨を打ち付ける。

薬売りは言った。

「傘が、開かれたのです」

■

アサの部屋にやってきたカメは、大名からの献上品について、それぞれ書状に書かれた品を帳面に書き写していくという仕事を任された。一行、一行、都度確認しながら進める。これが参考となって天子様の評価も下されるというのだから、間違いがあってはならない。

ようやく一冊書き終えたところで、筆を置いた。アサはいつの間にかいなくなっていたが、おおかた大餅曳の準備に奔走しているのだろう。自分の作業に必死で、彼女が部屋を出ていったことも気づかなかった。

カメは大きく伸びをする。気まぐれに、隣に置いてあった帳面をぱらぱらとめくると、そこにはアサが書いたのであろう美しい字がずらりと並んでいた。これと引き比べると、自分の仕事が途端に子供の手習いのように思えてくる。

また心が沈みかけるような気がして、カメは慌てて帳面を閉じた。すると、その拍子に書付が一枚、ひらりと落ちる。

「あれ……？」

それは広敷番に向けて書かれた大餅曳の手引きのようなもので、当日の進行が記されていた。挟まっていた帳面の中身とは関係がない。たまたま紛れ込んでしまったのか。

カメはしばし逡巡《しゅんじゅん》した挙句、書付を持って部屋を出た。アサを待つべきかとも考えたが、大餅曳の支度に急ぎ必要なものかもしれない。太鼓橋を渡って七つ口へ。坂下様にお渡しすればいいかしら、などと思っていると、ふと艶《あで》やかな香りが鼻腔《びこう》をくすぐる。

足を止めると、そこは御鈴廊下だった。ここで天子様は床を共にする相手を選び、選ばれた者は茅《ち》の輪をぐって夜伽《よとぎ》の間へと向かうのだ。カメは先を急がなければとわかっているのに、つい後ろ髪を引かれてしまう。廊下の向こうにあるのは、天子様が暮らす中奥。もしも偶然天子様が通りかかって、こちらに気づいたら——……

「夜伽の間に、近づいてはならぬ」

突然、カメは後ろ衿《えり》をぐいと引っ張られ、そのまま床に投げ出された。こちらを血走った目で見降ろしていたのは、淡島だった。

「それが、大奥の決まりでしょうに！」

淡島はカメを強引に立たせると、今度は引きずるようにして歩き出した。

「あなたのような人がいるから、和が乱れるのです。わたしたちが必死に守ってきたものを、一夜にして台無しにする！」

「あ、淡島様！」

おやめください、というカメの声は届かない。淡島は息もつかずに続けた。

「自分は特別ではないと、いつになったらわかるのかしら？　あなたは、三千もいる、ただの奉公人の一人です。一つ、また一つと段を上ってこそ、天子様のお目通りがかなうもの！」

「……でも、おフキ様や、アサちゃんは……」

ふと漏らしたカメの言葉に、淡島がぴたりと足を止める。

ゆっくりと彼女が振り向いた時、そのまなざしのあまりの冷たさに、カメは思わず叫び声を上げそうになった。

「そういうことですか」

「……え？」

「あの子の、入れ知恵なのでしょう。あなたをそそのかし、事を起こそうと……その後始末は、またわたしに押し付けて……また歌山様に気に入られようとして……！」

「何のことですか!? アサちゃんは関係ありません！」

カメが必死に抗弁すると、淡島はかぶりを振る。

「可哀そうに。あの子にどれほど見下されているか、わからないのね」

「アサちゃんは……そんな人じゃないです」

「あの子が優しいのは、あなたを哀れんでいるからでしょう」

「……」

今度は咄嗟《とっさ》に言葉が出なかった。カメの心中を見透かしたように、淡島は慰めるような笑みを浮かべ、

「あなたを、おうちに帰して差し上げます」

と言う。

「い、嫌です！」

「心配はいりませんよ。あなたはもう大奥の箔《はく》がついたのです。故郷に錦《にしき》を飾って、お嫁にもらわれればいいのです」

「そんな……」

カメは掴《つか》まれた手を振りほどくことができなかった。かえって、淡島の爪がどんどん食い込んでくる。

「もっと、もっと、がんばります……！　だからどうか、お許しを……！」

カメの必死の懇願にも、淡島は耳を傾けようとしない。廊下ですれ違う奥女中たちも皆、目を伏せるばかりだった。

とうとう、淡島の部屋まで連れていかれると、カメは畳の上に引き倒された。

「どうして、もっと早く気づかなかったのかしら。あなたがいなければ、こんなことにはならなかった。麦谷さんだって……」

淡島はそう言いながら、箪笥《たんす》を漁《あさ》る。

不意に、かたん、と音がして、気づけば部屋の隅に一本の筒が落ちていた。たちまち、部屋に水が腐ったような臭いが漂う。カメは全身が総毛立つが、淡島は気づいた様子もない。

「……そうです、そうに決まってます」

淡島がふらりと振り向いた。彼女の手には、箪笥から取り出した鋏《はさみ》が握られている。淡島が鋏の具合を確かめるように、柄を握った。そのたびに、シャキン、シャキン、と不気味な音が部屋に響く。

「謀《たばか》ったのでしょう」

「え……？」

「麦谷さんを殺して、あの男と一緒に芝居をうった……モノノ怪《け》なんて、本当はいないのでしょう……？」

「芝居なんて、そんなこと、する理由がありません！」

「わたしたちが櫛《くし》を捨てさせた……だから、恨んでいるのでしょう！」

ジャキン！　ジャキン！　ジャキン！

鋏を鳴らし、淡島が近づいてくる。カメは腰が抜けて、動くことができなかった。

「わたしたちはしきたりを守り、この大奥を守っているだけだというのに！　大奥のことを一番に考えているのは、わたしたちだというのに！　どうして！」

「あ、淡島様、おやめくだ──」

ざくり、とカメは髪をひと房、切り落とされた。馬乗りになった淡島に口を押えられ、叫ぶこともできない。

「どうして！　どうして！　どうして！」

淡島は恐怖で動けないカメの髪を無造作に刈り込んだ。それから、突然落ちた毛束を摑むと、壁に向かって投げつける。

「どうしてですか！　歌山様ぁ！」

血走った彼女の目から、涙がこぼれている。

「わたしはあなたのためにずっと尽くしてきたというのに……なぜあんな小娘を……」

ふと淡島の力が抜けた拍子に、カメはその身体を押しのけた。土間の方へ転がるように逃げる。しかし、廊下へと繫《つな》がる襖《ふすま》は、どれほど力を込めても開くことができない。

「そんな……！」

不意に、かたん、と音が聞こえた。

振り返ると、床にまた筒が落ちている。その直後、淡島の悲鳴が聞こえた。

「ひぃぃぃぃぃい！」

淡島は尻餅をつき、何かから隠れるように袖《そで》で顔を覆う。

「わたしだって、捨てたくはなかったのです！　わたしだってぇ！」

もはやカメのことは目に入っていないようだった。彼女の視線を追うと、天井に何かがぶらさがっている。それが人間の死体であることに気づくのに、数瞬かかった。

「ひっ」

逆さ吊りになって、麦谷の上半身だけがだらりと垂れていた。その指先からは水が滴り、床に黒い染みを作っている。

ぽつり、ぽつりと落ちていた雫《しずく》はやがて数を増し、気づ《づ》けば天井から滝のような雨が降り始める。やがては横殴りの嵐のような勢いとなって、淡島の全身を打ち付けた。

「ごめんなさいっ……！　ごめんなさいっ……！」

淡島が子供のように叫ぶ。雨は一層激しさを増し、カメはほとんど目を開けていることすらできない。

「ぎゃっ」

最後に短い悲鳴が聞こえると、ぱたりと雨が止んだ。恐る恐る視線を戻すと、淡島の姿がない。あるのはただ、床や壁、天井一面で蠢《うごめ》く水。赤や黒、様々な色が波となって混じり、弾《はじ》け、渦巻いている。

海だ、とカメは思った。

人を呑み込む化け物の海だ。

淡島様、そして麦谷様は、これに食われたのだ。

その水はまるで生き物のように壁の中を広がり、やがてすべてを覆いつくした。カ
メの足元にも広がり、黒い水が肌を撫《な》でる。

わたしも、海に食べられる。

カメがそんなことを思った時、何かが肩に触れた気がした。それはカメの輪郭を確
かめるように、ゆっくりと首をなぞり、頬を撫でる。ちらと視界の端に見えたのは、
干からびた人間の指だった。

「――、――」

全身がこわばり、もはや息を吐くことすらできない。

それから、もう一つの手がカメの肩に置かれ、それもまた首を伝って、頬に触れる。

「……どうして？」

耳もとで、誰かが囁《ささや》いた。

すぐ近くにいるようで、しかし、深い井戸の底から聞こえるような声だった。

「……どうして、捨ててしまったの？」

■

「あやかしが人を殺す……これは傑作だな！」

薬売りが話を終えるやいなや、平基は廊下に声を響かせた。しかし、その言葉とは裏腹に、表情は硬い。三郎丸に至っては、薬売りの話を笑い飛ばすほどの胆力もなかった。

「歌山殿は人死にが出てもなお、大餅曳《おおもちひき》を行うつもりなのか……」

すると、平基が「それがどうした」となおも強がる。

「我らは大奥の腹を探りに来たのであって、化け物退治をしにきたわけではない。モノノ怪とやらがいくら暴れようと、知ったことか」

「だが、大奥の腹に化け物が巣くうとなれば、話は別だろう。下手に手を突っ込めば、食いちぎられるぞ」

平基はむっと口をとがらせるが、それ以上言い返してはこなかった。二人の間に流れた沈黙に割り込むようにして、薬売りが再び口を開く。

「それでは、お女中の話を一つ……」

「ああ……そういう約束だったな」

三郎丸は平基に目を向けるが、勝手にしろ、と言わんばかりに視線をそらされた。

改めて、表から聞き込んだ話をしようとしたその時、ちりん、と鈴の音が響く。

ちりん、ちりん、ちりん……

廊下の欄干の上に並んだ天秤《てんびん》が、次々に傾いていった。

「まるで奇術だな」

からかうような口ぶりに反して、やはり平基の横顔には、平生の余裕がない。薬売りも天秤が傾いていく先を凝視していたが、そのまなざしは鋭かった。

「これは、いったい何事だ」

堪《たま》らず三郎丸が尋ねると、薬売りは答えた。

「唐傘を、とらえた」

唐傘、とはすなわち、

「モノノ怪《け》か！」

三郎丸が叫ぶよりも先に、薬売りは駆け出していた。三郎丸と平基は、すぐに後を追って走り出す。言葉を交わすまでもなかった。この目でしかと確かめねばならぬ。それが、お目付け役である我々の務め。

薬売りはすぐにその背中が見えなくなった。三郎丸は無数の天秤が傾く方をたどり、大奥を進む。やがて着いたのは、長局向にある二の側の一室だった。

薬売りが飛び込んだ先は、奥女中の部屋に繋がる土間のはず。しかし、そこに広がっていたのは、怪しく波打つ極彩色の水面《みなも》だった。揺らめく波間に、鮮血や黒墨、緑青が浮かんでは消え、強烈な腐臭を放っている。

その不気味な海の上に、薬売りは立っていた。そして、その頭上には一人の女中が逆さになって吊るされている。天井を覆う水面に半身を沈めるようにして、カメが気を失っていた。

「おい、彼女は――」

「入るな！」

薬売りは三郎丸たちを制すると、床を蹴《け》る。だらりと垂れ下がっていた手を摑《つか》み、そのままカメを引きずりだして三郎丸の方へ放り投げてきた。

「頼む！」

薬売りは華麗に降り立ち、脇目も振らず奥の部屋へと続く襖《ふすま》を開く。すると、その先の天井にもまた、もう一人の女中の姿。

「あれは、淡島殿か……？」

隣で平基が漏らした言葉が全てだった。剝《む》き出しになった手足は萎《な》え、腐ったような色に変わっている。それはどう見ても、人だったものであって、人ではない。

「ぎゃあああああ！」

丁度やってきた他の女中たちが、淡島に気づき大きな悲鳴を上げた。

「薬売りはどこか！　この騒ぎは——」

遅れて駆けつけた歌山もすぐに言葉を失う。すると、淡島はまるで歌山の声に気づいたかのように、上半身をぐるりと捻《ひね》り、顔を向けた。骨が砕ける音がして、淡島の口からがどす黒い血がどっと溢《あふ》れる。まるで、手ぬぐいをひねるように、身体が絞られている。

「これは助からん……」

間合いを計るようにじりじりと後退していた薬売りの口から、嘆息が漏れた。今や天井からは雨が降りはじめ、まるで大奥に忽然《こつぜん》と嵐の海が現れたような光景が広がっている。

薬売りはどこからともなく札を取りだすと、それを襖に投げつけた。そして、貼りつけられた途端、札に描かれた文様が赤く輝きだす。三郎丸たちの足元にも札がずらりと貼りつけられた。それは結界のような力を持っているのか、見えない壁によって、海が札の外に溢れるのを防いでいるように見える。

「カメちゃん」

不意にアサの声が聞こえて、三郎丸は我に返った。騒ぎを聞きつけ、やってきたのだろう。気を失ったままのカメを託すと、アサはカメを強く抱きしめる。

「誰が、こんなひどいこと……」

そこでようやく、三郎丸はカメの髪が無残に切り刻まれていることに気づいた。ほとんど少年のような短さになっている。

「これは、偶然か？」

ふと平基が発したつぶやきに、アサがはっと顔を上げる。

「……どういうことですか？」

平基に目で促され、三郎丸が話を引き継ぐ。

「三月《みつき》ほど前にも、カメ殿のような目にあった女中がいたらしいのです。彼女は大奥を去り、そのひと月後……」

「……大餅曳が延期になった……？」

「その通り。そして、当時、もう一人の女中が大奥から消えました。彼女は暇をもらい実家に帰ったというが、いまだに行方がわからない……」

「——その件は、詮索《せんさく》不要！　老中大友様に報告済みだと言ったはず！」

突然、歌山が厳しい口調で話を遮るが、平基はかえって声を張り上げた。

「麦谷殿も、実家に帰ったとか。もしや、そこにいる淡島殿も、これからお帰りかな？」

「……！」

一瞬、歌山が気色ばむ。しかし、彼女はすぐに笑みを浮かべると、頷《うなず》いた。

「その通り」

今度は平基が顔色を変える番だった。

「どんな言い逃れをするおつもりか！　人が死んでいるのだぞ！」

歌山は応《こた》えない。それどころか、ますますはっきりとした笑みでもって、平基を見つめ返す。平基は助けを求めるように周囲を見回すが、アサをはじめとした女中たちは皆、目を合わせようとしない。

「これが……大奥の正体か！」

平基がそう吐き捨てた時、どこからか奇妙な叫び声が聞こえ始めた。人間の悲鳴ではない。それはむしろ、風の唸《うな》りや岸壁に打ち付ける波の音、あるいは山鳴りを思わせる響きだった。そして信じがたいことに、どうやらその出どころは薬売りの持つ剣らしい。

「真が、近い」

薬売りがつぶやき、ゆらりと剣を構える。すると、滝津瀬のごとく降り注いでいた激しい雨が止む。いつの間にか淡島の骸《むくろ》は姿を消し、あるのはただ、天井に広がる怪しき海ばかり。

「教えてくれ……大奥から消えたという、もう一人の女中の名を！」

薬売りが叫んだ。しかし、歌山のまなざしが、三郎丸の首を絞めつけている。口を開けば、お前の命はないと、そう言わんとする気迫がある。

「それは……」

武士としての、いや、人としての直感が、三郎丸に告げていた。

この先は、死地だと。触れてはならぬ、大奥の闇——星明かり一つない夜の海に、独り飛び込むようなものだと。

だが、同時にこうも思っていた。この暗い海の底にしか真実はない。大餅曳《おおもちひき》が延期された理由を見定めるためには、腹をくくらねばならぬ。

三郎丸は刀の柄《つか》を握りしめ、絞り出すように言った。

「大奥から消えたのは……元大奥御祐筆《ごゆうひつ》、北川殿だ！」

カチィィィン！

薬売りの剣の柄に施された鬼面のような意匠が、歯を打ち鳴らす。

「真を、得た！」

薬売りの言葉に、海が身震いをした。床に広がる水面《みなも》が、沸いた湯のように泡を浮かび上がらせ、ぶくぶくと弾《はじ》ける。

「モノノ怪が、出る……！」

やがて海が集まり始めた。極彩色の水が床や襖から場所を移し、天井の中央に渦を巻く。そして、不意に、巨大な三つ目がぎょろりと姿を現した。廊下に立つ女中たちが息を呑《の》む。三郎丸は思わず鯉口を切るが、薬売りにまたもや止められた。

「あれこそが、唐傘！　人の業では斬れぬ！」

「では、どうする！」

「御免！」

薬売りはそう言うや否や、振り向きざまに三郎丸の刀の柄を掴んだ。

「お借りする！」

三郎丸は虚を衝《つ》かれ、返事の一つも返すことができない。薬売りはそれにかまわず、懐から数枚の札を取り出すと、宙に放り投げた。紙吹雪のように散ったそれを、一閃《いっせん》。

すると、三郎丸の刀には札が巻き付き、まるで鎧《よろい》をまとったような様子になる。

一方、唐傘の三つ目は天井から襖へ、這《は》うように移動し、動きを止めた。それから、
ぶるりと震えて、目の縁から毒々しい水を滲《にじ》ませる。それは、まるで、

「……涙？」

三郎丸の考えを代弁するように、アサがそう言った時、水がどっと噴き出した。無数の奔流が部屋の四方へ飛散し、矢のように襖や畳に突き刺さる。薬売りは札を巻いた刀で廊下に飛んでくる水を次々と打ち落とした。

「……っ！」

唐傘から放たれる水は息継ぐ暇もなく襲い掛かる。一つ凌《しの》ぐたびごとに、札の鎧が綻《ほころ》び、刀は刃《やいば》を露《あら》わにしていった。

「人を枯らし、雨を呼ぶ……そこまでの想い、いずこから来たるのか！」

薬売りが問いかけた時、ふと晴れ間がのぞくように、攻撃が止んだ。終わったのかと思いきや、襖からこちらを睨《にら》む唐傘の三つ目には、涙がなみなみと溜《た》まっている。

もはや物見のように呆然《ぼうぜん》としていた三郎丸も、この時ばかりは総毛立つ。瞬く間に唐傘の涙が束ねられ、一本の槍《やり》となって襲い掛かった。——だが、その刹那《せつな》、薬売り

もまた、刀を槍のごとく投擲《とうてき》し、唐傘の三つ目に突き刺す。

薬売りの方が、速かった。唐傘の水の槍は、ちょうど歌山の鼻先で止まっている。

「北川……」

歌山がつぶやくと、形を保てなくなった水が床に落ち、小さな水たまりが広がった。

耳をつんざく悲鳴が、大奥に響き渡る。

泣き叫んでいたのは他でもない、唐傘だった。次の瞬間、刺された痛みに引き裂かれるように、唐傘の三つ目はたくさんの小さな水へとわかたれ、その一つ一つが蜘蛛《くも》の子を散らすように床や天井を逃げ回る。そして、襖《ふすま》を破って部屋を飛び出すと、近くの井戸へ飛び込んでいった。

不意に、どさっと音がして、天井から淡島の死体が落ちる。四肢は完全に干からび、飢えた鼠のように骨と皮ばかりになって、部屋の真ん中に横たわっていた。

「歌山様、お待ちください！」

お付の女中が止めるのも無視して、歌山は淡島の死体のもとに膝《ひざ》を折り、苦悶《くもん》に見開かれたままだった彼女の目を閉じる。

「あれが、モノノ怪《け》とやらの正体か」

振り向くことなく歌山が尋ねると、薬売りは井戸を睨んだまま答えた。

「いまだ完全な姿ではない」

「……まだ、だと？」

「モノノ怪は、この世とあの世、彼我を分かつ境の向こう側にいる。今しがた、我らを襲ったのは、いわば飛沫のようなもの。真に姿を得た後は、ますます手が付けられなくなる」

「なぜすぐに祓《はら》わぬのだ！」

「剣が抜けぬ」

歌山は振り返り、薬売りの方をきっと睨む。しかし、薬売りはたじろぐことなく、ゆっくりと剣を構え、言った。

「形、そして真は得た。急ぎ、理を剣に示す必要がある」

両者はしばらく正面から向き合っていたが、先に視線をそらしたのは歌山だった。

彼女は廊下で動けぬままの一同に向かって、厳しい口調で告げた。

「大餅曳は……滞りなく進める所存」

三郎丸と平基は絶句する。一方で、女中たちは間髪を容《い》れずに、かしこまりました、と頭を下げる。もはや三郎丸たちが口をさしはさむ余地がないことは、明らかだった。

三郎丸は部屋に戻る際、襖に刺さった自分の刀を抜き取った。薬売りが巻き付けた札は既に跡形もなく、刀身には数え切れぬほどの傷が刻まれていた。薬売りの言うように、モノノ怪が人の想いによるものならば、鋼《はがね》を削るほどの激しさとはいかほどか。

歌山殿を殺さんとする、北川殿の想いとは。

三郎丸にわかるのは、人を殺めるほどの情念が、確かに、この大奥を呑み込んでいるということだった。

つまりは、己もまた、その腹の中にいる、ということになる。

■

カメが目を覚ましたのは、大奥も寝静まった夜更けだった。

見回すと、アサが部屋の隅で帳面をめくっていた。灯明皿の明かりを受けて、天井に伸びた彼女の影が微《かす》かに揺れている。

よほど集中していたのか、アサはしばらくカメのまなざしに気づかなかった。カメが身体を起こしてようやく、アサは顔を上げる。それから、すぐに帳面を閉じて、カメの枕もとまでやってきた。

「気分はどう？」

「平気！　もしかして……ずっと、看《み》てくれてたの？」

「隣にいただけだよ。とにかく、カメちゃんが元気なら、よかった」

そう言って微笑むアサの顔には、どことなく影が差しているように見える。お役目の疲れからか、あるいは単なる光の具合か、カメにはわからない。

「……淡島様は……？」

恐る恐る尋ねると、アサは静かに首を振った。

「じゃあ……あれは……？」

アサはやはり、首を振る。……モノノ怪はまだ、この大奥にいる。そう思うと俄《にわか》に、あの海に呑み込まれた時の記憶が蘇《よみがえ》った。

「アサちゃん、今日は……一緒に寝よ？」

「え？」

「朝まで、手を繋《つな》いでいようよ！　わたし、もう……」

アサを困らせているのは、カメにもわかった。ただ、それでも一人きりで夜を明かすなんて考えられない。頬を撫《な》でるあの乾いた指が、今も背後に潜んでいるような気がしてならないのだ。

「……わかった」

アサはそっとカメの手を握ってきた。しかし、彼女の変わらぬ微笑みを見たとき、カメはなぜかずきりと胸が痛む。

まるで耳もとで囁《ささや》かれたように、淡島の言葉が頭に響いた。

……あの子が優しいのは、あなたを哀れんでいるからでしょう。

「そんなことない！」

とっさに、想いが口をついて出てしまう。

「カメちゃん……？」

「あ、えっと、違うの……何でもない」

呆然とするアサに、カメはぎこちなく微笑むことしかできなかった。

しばし居心地の悪い沈黙が流れ、カメは慌てて話を変える。

「今日は……その、ごめんね。全然お仕事手伝えなかった」

「ううん、助かったよ。カメちゃんが書いてくれた写し、とても丁寧だった」

「ほんとに……？」

「うん。カメちゃんの字、本当に素敵だって思ったの」

また、ずきりと胸が痛んだ。たとえそれが哀れみだったとして、なんだというのか。

そう思う自分がいる一方で、アサにだけは哀れんでほしくない、と願う自分がいる。

しかし、取ろうとすればするほど深く食い込む棘《とげ》のように、淡島の言葉がカメの心に刺さっていた。拭《ぬぐ》いきれない微かな疑念が、アサの言葉を全て塗り替えていくような気がする。

カメは逃げるように視線を彷徨《さまよ》わせ、ふと脇に置かれていた帳面の「大餅曳《おおもちひき》」という文字に目を留めた。すると、問われるより先にアサが口を開く。

「いよいよ、明日《あした》だから。流れを確認しておこうと思って」

「本当に……大餅曳をやるの？」

「どういうこと？」

「だって、化け物がまだどこかにいるんでしょ？」

「……でも、大名の方々はいらっしゃるし、様々な手配も済んでいるもの。二度も延期することはできない」

アサの声音は穏やかだったが、揺るぎない責任感もまた滲《にじ》んでいた。カメが返す言葉に迷っていると、視界の端で何かがきらりと光る。目を向ければ、それは自分が家から持ってきた鏡台だった。大奥に持ってきた荷物の中でも、ひときわ重かったものだ。そして、そこに映っていたのは、まるで子供のようなさんばら髪の娘。

「……そっか、わたし、淡島様に……」

震える手で頭に触れると、なぜかアサが申し訳なさそうに目を伏せた。

「カメちゃんが寝ている間に、できるだけ整えてもらったんだけど……」

「大丈夫だよ！　どうせ、また伸びてくるもの！」

カメは努めて笑みを見せる。しかし、それがかえって痛々しいことは、カメ自身わかっていた。結局、それ以上言葉は続かず、再び部屋は息苦しい静けさに包まれる。

カメは、何か言わなければと焦るのだが、どうしても考えがまとまらなかった。自分のこと、そしてアサのこと、とにかくこのままではいけない、という思いだけが先走って、頭が真っ白になる。

それからどれほど時間が経ったのか。だしぬけに、アサが言った。

「……カメちゃん、わたしね、妹がいたの」

「妹さん……？　いた、って……」

「何年も前に病気で死んでしまったから」

あまりにも唐突で、脈絡のない話だった。どうしてアサが突然そんな話を始めたのか、カメにはわからない。ただ、灯明皿の上で震える灯《ともしび》を見つめながら、アサはぽつぽつと語る。

「妹はよく、わたしの布団に潜り込んで、一緒に寝たがったの。雨が降る夜は特に、雨樋《あまどい》を流れる水の音が怖いって言って。何かが喋《しゃべ》っているみたいだって。わたしは一晩中、彼女の手を握っていた」

「なんだか、わたしみたいだね」

カメが少しおどけてみても、アサは真面目な顔をして頷《うなず》いた。

「そうかもしれない。妹が書く字も、カメちゃんみたいに素敵だった」

「……」

「でもね、時々思うの。妹にとっては、わたしがいないほうがよかったんじゃないかって」

「……そんな」

「だって、わたしがいなければ、夜は一人で眠って、自分の胸の音やあたたかな夢とか、彼女だけの頼りを見つけていたかもしれない。雨の夜を好きになることだって、できたかもしれない。わたしがいなければ……彼女は自分に負い目を感じることだって、なかった。彼女は彼女のままで……それだけでよかったのに」

なぜだろうか、カメはアサの話を聞きながら、彼女が急に遠くへ行ってしまうような気がした。二艘《そう》の船が大きな波にさらわれて、たちまち引き離されるかのように、目の前にいるはずのアサが波間の向こうに消えてしまう――そんな気がしてならなかった。

「カメちゃんに、話がある」

アサは思いつめた表情でそう言った。

「大事な、話なの」

カメにはもう、これから始まる話の行き先は見えていた。どんなに勘が鈍い自分だって、これくらいのことはわかる。だから、唾《つば》を飲み込んだのは、驚いたからではない。少しでも、時間が欲しかったからだ。

これからどうしようもなく溢《あふ》れてくる、涙をこらえるための、時間が。

# 第三幕

朝一番に歌山の呼び出しを受け、目の前に座った途端、アサはこう尋ねられた。

「処遇は決めたのか？」

歌山の目は既に答えを知っているようで、アサもまた当然のように答える。

「おカメには大奥を去るように伝えました」

「情に流されず、よく決断したな」

「初めて歌山様とお会いした際に言われたことを思い出しました。役目を全《まっと》うするうち、いずれ高くから見えるようになる……確かに、あの時と今とでは、見えるものが変わったように思います」

「それが人の上に立つ者の景色だ」

「……はい」

アサは歌山としばらく無言で見つめあった。歌山はふと、机の上に置いてあった一本の筒をアサのほうに差し出す。

「覗《のぞ》いてみよ」

筒を手にしてすぐ、その言葉の意味がわかった。それは一端に小さな穴があり、中には貝殻の欠片《かけら》や色紙が鏡写しになって曼荼羅《まんだら》のように広がっている。揺らすと、その煌《きら》びやかな剝片《はくへん》が動き、新しい曼荼羅が生まれるのだ。

「……これは？」

「万華鏡という。南蛮からの品だそうだ。……淡島が、井戸に捨てたものだ」

アサがはっと顔を上げると、歌山は中庭のほうに目を向けていた。

「淡島が大奥を訪れた日、わたしが捨てさせた。しかし、昨日淡島の骸《むくろ》を片付けているときに、部屋で見つけた」

「……モノノ怪が、落としたと？」

「あるいは……それ自体が、モノノ怪かもしれぬ」

歌山の言葉にぎょっとして、アサは思わず万華鏡を取り落としそうになる。

「捨てられたものの恨み、だな」

歌山はまるで、姿を見せぬ何者かに語り掛けるようにも見えた。それから、アサの言葉も待たず、こう続ける。

「わたしは間違っていたとは思わない。ひとたび大奥という荒海に飛び込んだのならば、誰しも荷を捨てる必要がある。大切なものを抱えて、もろとも沈んでしまっては元も子もない」

そして、歌山が向き直った時には、普段の超然とした雰囲気に戻っていた。力のこもったまなざしに、アサも思わず居ずまいをただす。

「アサよ。麦谷に続き、淡島が亡き今、頼れるのはお前だけだ。今日の大餅曳《おおもちひき》の儀、任せてよいか」

「歌山様のお言葉とあらば、もちろんですが……」

「なぜ自分なのか、と？」

「……ほかにも大役にふさわしき奥女中の方々はいらっしゃるはずです。わたしはまだ、ここに来て五日しか経っておりません」

「まだ気づいておらぬのか」

歌山はそう言って、かすかに鼻を鳴らした。

「お前はわたしに似ている」

「……え？」

「わたしも捨てなかったのだ。井戸に捨てるものなどないと、先輩女中にたてついた」

「歌山様が……」

「勘違いしてはならぬぞ。わたしはお前の反抗心を買っているのではない。しきたりには理由があり、それを乱すことは許されぬ。だが、かつての愚かさにも理由はあると思っている」

歌山がわずかに身を乗り出す。アサは小さく唾を飲み込んだ。

「わたしは捨てなかったのではない。すでに捨てていたのだ。家を離れたその時から、あらゆるしがらみを置いてきた。――アサよ、この世には、愚鈍な者が多すぎると思わないか？　家にいたころ、わたしはよく、自分が泥沼に浸《つ》かっているような心地になったものだ。自分はもっと遠くにいけるはずなのに、周囲のせいで前に進むことができない、と。その上、泥はあたたかく、居心地がよかった……」

不意に、両親のことが思い出された。そして、いつも自分を慕っていたかわいい妹のことが。どこまでも優しく、そして、どこまでも凡庸な……アサは懸命にその考えを振り払おうとするが、歌山の声はまるで自分の口から発したもののように、胸に滑り込む。

「わたしは恐ろしかった。いや、今も恐ろしい。捨てられぬものがあるということが」

「……！」

「おまえも覚えているだろう。大奥にお勤めに上がるため、家に背を向け歩き出した朝の清々《すがすが》しさを。その時だ。おまえは過去のすべてを捨てた。だから、あの日、お前は大井戸に捨てようとしなかった。はなから、捨てる必要がなかったのだ。お前はそういう人間だ。ゆえに、わたしはすべてを託すことができる」

歌山が息をつくと、しばらくの間沈黙が続いた。その空白を埋めるように、かすかな雨音が襖越《ふすまご》しに染み込んでくる。

やがて、アサはぽつりと尋ねた。

「北川様も、そういう方だったのですか」

「……」

「歌山様は北川様を引き立て、異例の速さで御祐筆《ごゆうひつ》のお役目を与えたと聞いています。やはり、北川様も同じだったのでしょうか」

「……そんなことを聞いてどうする」

「気になったのです。大奥のために尽くした方がなぜ……わたしたちを襲うのか、と」

歌山のまなざしは鋭い。しかし、アサは引き下がらなかった。じっと待っていると、やがて、歌山は「わからぬ」と答えた。

「……我々は皆、どこか似ているが、一つとして同じことはない。言えるのは、それだけだ」

それから、歌山はこう付け足す。

「あれはわたしが引き受ける。アサは大餅曳の準備にとりかかってくれ」

彼女がそれ以上の質問を拒んでいることは明らかだった。それゆえ、アサも無理に食い下がろうとはしない。

「……ご参加いただけず、心苦しいです」

「かまわん。それが裏方というものだ。……それと、これをお目付け役の男たちに」

歌山は一枚の書状を差し出した。

「すべて、まかせる」

アサはそれに目を通すと、ゆっくりと首を垂れた。

「わたしたちのお務めを、果たします――」

アサが歌山の部屋を出ると、雨空から流れ込むひんやりとした風に鳥肌が立った。

かちり、という音がして、ふと横を見ると、薬売りが同じように空を見上げている。

「捨てる者、捨てられた者……ですか」

薬売りがつぶやくと、再び、かちりと音がする。どうやら、彼が手にする剣が歯を打ち鳴らしているらしい。

「理は近いようだ」

薬売りがまっすぐアサを見つめてくる。しかし、アサは小さく会釈をして、踵《きびす》を返した。

　頭にあるのは、もはや大餅曳のことだけだった。

　集中すればするほどに、澄んだ雨音が胸に染み入るのを感じる。それは家を離れた日の朝に似て清々しく、そして、どこまでも冷え冷えとしていた。

■

「大餅曳は予定通り執り行う！」

　大広間の朝礼では、歌山が開口一番、そう宣言した。すでにわかっていたことではあるが、改めて三郎丸は眩暈《めまい》を覚える。昨日はあれほどの騒ぎになったのだから、淡島がどうなったかなど、奥女中たちは皆聞き及んでいるに違いない。しかし、歌山の言葉には、ざわめき一つ起こらないのだった。

　すると平基が声を低め、尋ねてくる。

「どうするつもりだ、三郎丸」

「……どうするも何も、我らにできることはあるまい」

「馬鹿を言うな。まだ間に合うだろう。数刻の後には、諸大名が訪れる。それまでに人死にが出たと表へ告げれば、大餅曳を取りやめることができるではないか」

「だが……」

「だが、どうした」

「我らには、我らの務めがある……」

煮え切らぬ三郎丸の返答に、平基が「おい」と語気を強めた。しかし、大広間の前にアサが出てきたことに気を取られ、平基は自然と二の句を見失う。ほんの数日前は大広間の端にいた新入りが、今や一段高いところから、奥女中全体を見下ろしているのだ。

アサは歌山の目配せに従い、一歩前に出ると言った。

「亡き淡島様に成り代わりまして、僭越《せんえつ》ながらわたくしが大餅曳の差配をいたします」

アサが深くお辞儀をすると、奥女中たちが一斉に頭を下げる、もはやその昇進に疑義を挟む者はいないらしい。

「よいのか」

「……」

「時田三郎丸！」

平基は身をかがめ、三郎丸のことを睨《にら》んでくる。その視線から顔を背けると、一瞬、アサと目が合った。

彼女のまなざしは、やはりこう告げている。

わたしたちの邪魔をしないでください、と。

■

「……どういうことですか。邪魔とは」

朝礼が始まる前、三郎丸は一人、アサの部屋に呼び出されていた。正直なところ、それは願ってもないことで、三郎丸も彼女とは話がしたいと思っていたのだ。モノノ怪《け》の騒ぎを公然のものとし、表へ伺いを立てる機会とする。そして、大奥で隠されてきたものを明らかにする。この三郎丸の狙いに協力してくれるのではないか、と。

しかし、三郎丸が話を切り出すよりも先に、彼女は自分が淡島の後任となり、大餅曳を執り行うことを告げた。そして、言ったのだ。わたしたちの邪魔をしないでください、と。

「淡島様は、亡くなられました。しかし、大餅曳の後に亡くなったのです」

「おアサ殿、いったい何を言っているのか……」

「大餅曳を取りやめる理由は何もない、ということです」

「それは嘘ではないか！」

思わず三郎丸の声が大きくなる。しかし、アサは淡々と続けた。

「大餅曳の準備には多くの人が心血を注いできました。この日の本を寿《ことほ》ぐ、大切なお祝いのためです」

「人が二人も死んでいるのですよ！　いや、二人かどうかも怪しい。この前の大餅曳が延期になる前にも、北川殿が亡くなっているのではありませんか！」

「わたしたちのお務めですから」

「ただのお務めでしょう！」

「しかし、時田様もご自分のお務めゆえに、必死なのでは」

アサの目はあまりに静かで、三郎丸は思わず言葉に詰まってしまった。

「そして、時田様のお務めは、無暗《むやみ》に騒ぎを大きくすることではなく、歌山様の失脚の材料を探すことではないでしょうか」

「おアサ殿……」

「あなたのお務めが果たせるように、手配をするとお約束します。ただし、大餅曳が終わるまで、大奥を揺さぶることはわたしが許しません」

大奥に仕えるアサと同じように、三郎丸もまた表に仕えている。お務めから逃れることはできない。

「それでは皆様、大餅曳の本番です。各自持ち場についてください」

アサの最後の号令に、奥女中たちはそろって「かしこまりました」と応《こた》えた。

結局、三郎丸は口を引き結び、眉間《みけん》に皺《しわ》を寄せたまま、微動だにすることがなかった。そして、奥女中たちが大広間を出て行った後も、三郎丸は立ち上がることができない。床をじっと見つめたまま、絞り出すような声で言った。

「……これで、よかったのだ」

「……」

「所詮《しょせん》、我らは余所者《よそもの》だ。石を一つ投じたところで、何かを変えられるわけではない。救ってやろう、正してやろう、などと……そもそも、我らは必要とされておらんのだ」

「……」

「何か言ってくれ、平基！」

三郎丸が平基を見ると、そこには憐憫《れんびん》とも哀れみともつかぬ、奇妙なまなざしがあった。それがかえって三郎丸の胸を締め付ける。

平基は足を崩して胡坐《あぐら》をかくと、わざとらしいため息を漏らした。

「……正直なところ、どうでもよい。俺は務めが果たせればそれでいい」

「なっ……さっきは、しきりに止めようとしていたではないか！」

「お前が、それを望んでいると思ったからな」

平基の目に射貫《いぬ》かれ、三郎丸は思わず息を吞《の》む。

「大奥がどうなろうと知ったことではないが、お前がこの先、ますます辛気臭くなるのは、御免こうむりたいんだよ」

「……」

「腹をくれ、三郎丸。手を出さないと決めたのなら、俺はかまわん。ただ、いつまでもそんな顔をするな」

平基はそう言って、ますます殊勝な目でこちらを見つめてきた。

「女は平気な顔をして針千本を吞む生き物だ。ましてや、この大奥には、刀も吞み込むうわばみがぞろぞろいる。本当にわかっているのなら、悪いことは言わん。忘れろ」

平基の声が、がらんどうの大広間に吸い込まれるように消えていく。不意に、その静けさが、三郎丸の全身にのしかかるような気がした。第三代天子様より始まった大奥の長き年月、そこに少しずつ降り積もった沈黙が、ここにはある。

そうだ、皆、口をつぐんできた。

三郎丸は冷ややかなアサの目を思い出し、ぐっと唇を噛《か》んだ。

「確かに、お前の言うとおりだ。彼女は……彼女たちは、平気な顔をしている」

そして、熱く苦い息を吐き出すように、言う。

「だが、だからと言って、苦しみがないわけではないだろう？　それはただ、見えぬ痛みをこらえていただけではないのか……？　誰かが、それを取り払わねば……」

問題はその「誰か」が自分ではない、ということだった。いかに苦しみがわかったところで、差し伸ばす手を持っていないのならば、意味がない。それなら最初から、助けるようなそぶりを見せるべきではない。

しかし、いくら頭ではわかっていても、三郎丸は諦《あきら》めがつかないのだった。今更引き返すには、あまりに深く、足を踏み入れてしまった――。

かちり。

不意に硬い音が、静寂を破った。振り返ると、後ろに薬売りが立っている。

かちり、かちり。

その手に握られた剣が震えていた。まるで、何かあふれ出るものをこらえるように、鬼の意匠が歯を打ち鳴らす。

その時三郎丸は、なぜかひどく安堵《あんど》した自分がいることに気づいた。

この男ならば、あるいは。

そんな思いが湧くと同時に、どこか空しさも覚える。こうして座して待つのみならば、自分の腰に挿した刀にはいかほどの意味があるというのか。

ちりん、ちりん。

今度は鈴の音がどこからか聞こえた。薬売りは遠くを睨《にら》み、そのままふらりと長局向の方へ姿を消す。三郎丸は一瞬迷ったが、結局その後を追うことはしなかった。

自分たちの部屋に戻ると、座敷には目を見張るばかりの祝い膳《ぜん》が並んでいる。帆立貝と蕪の鍋《なべ》に、伊勢海老《いせえび》の焼き物、菜の花の白和《しらあ》えには数の子と柚皮《ゆひ》があしらわれている。酒の用意も惜しみなかった。

平基はさっそく胡坐をかいて盃《さかずき》をあおり始めたが、それは彼なりの気遣いだったのかもしれない。三郎丸はしばらくの間、箸《はし》に触れようともせず、かといって部屋を出ることもできずにいた。

やがて、部屋の外から微《かす》かに囃子《はやし》が聞こえ始めた。大餅曳《おおもちひき》が始まったのだ。平基は束の間酒を注ぐ手を止めたが、やはり何も言わず、静かに盃を満たし、干した。

三郎丸は沈黙に耐えきれず、「風に当たってくる」と言いおいて、部屋を出た。廊下では、七つ口から聞こえる歓声がよりはっきりと聞こえる。それがかえって三郎丸には胸を刺すようだった。

「時田様」

しばらくすると、不意に見知らぬ奥女中から声をかけられた。彼女は書状を差し出し、三郎丸がそれを受け取ると、言伝《ことづて》もなしに去ってしまう。

書状には、差出人も宛名も書かれていなかった。ただ、誰がよこしたのかは、明らかだろう。三郎丸ははやる心を抑え、書状を開いた。その文面の全てに二度、目を通す。

「なあ、三郎丸……いい加減諦めて、俺の相手を――」

ちょうど部屋から出てきた平基の言葉を、最後まで聞き取ることはできなかった。

三郎丸は既に、駆けだしていたからだ。大餅曳の賑《にぎ》わいには脇目も振らず、大奥を突っ走る。

中庭の祭壇にたどり着いた頃にはすっかり息も上がっていた。しかし、三角鳥居をくぐり、大井戸を覗《のぞ》き込むと、その疲れさえも怖気《おじけ》づいて引き下がる。昼間であっても底の見えぬ常闇の穴。こんなものを傍にして、奥女中たちはどうして平気でいられるのか、三郎丸には心底わからない。

あるいは、気にしないようにすることこそ、大奥で生きるための条件なのか。

書状に書かれていたことは単純だった。

麦谷と淡島の死体は、大井戸の底に捨てられた。大井戸は、大奥が忘れるべきものが集まるところ。ゆえに、北川の死体もまた、そこにあるだろう、と。

三郎丸は井戸に備え付けられた釣瓶《つるべ》を摑《つか》み、丹田《たんでん》に力を籠《こ》める。

この目で、確かめなければ。

もしも書状に書かれたことが本当だというのならば、しかと見届けなければならない。それが、お目付け役として大奥にやってきた、自分の果たすべき務めではないか。

「……いや、違うな」

三郎丸は井戸の縁を蹴《け》りながら、思う。

これは務めではない。

己が望むことをする。それだけのこと。自分はただ、知りたいのだ。

大奥の底に、果たして何があるのか。果たして何が、出てくるのか。

桶《おけ》にしがみついた三郎丸の身体は、音もなく闇に沈んだ。後はただ、釣瓶の滑車が、がらがらと乾いた音を立てるばかりだった。

■

七つ口に足を踏み入れた途端、カメは息を呑んだ。

そこには、あらゆるものがあふれていた。祝いの品に、見物客、絶えず飛び交う笑い声。番台には献上された品々が山積みになっていて、アサの手伝いで書き写した通りの品々が並んでいる。北前《きたまえ》の干し海鼠《なまこ》や昆布はもちろんのこと、近海でとれた甘鯛《あまだい》、鰆《さわら》、牡蠣《かき》に車海老。食べ物が多いのは御台様の産後の肥立ちを願ってのことらしい。櫛《くし》や笄《こうがい》のような小間物、着物も大店《おおだな》の呉服屋並みにそろっている。

そして何より目を引くのは、巨大な鏡餅が載った引き車と、それを綱で引く男衆だった。坂下は車の上にもろ肌を脱いで立ち、全身で音頭を取っている。

「そーれっ！　そーれっ！」

餅が動くたびごとに、観客からは歓声が上がった。武士も商人も、それから手の空いた奥女中までも七つ口に顔を出し、大餅曳の始まりを盛り上げていた。

「そーれっ！　そーれっ！」

この華やかで眩《まぶ》しい光景こそ、カメが憧《あこが》れた大奥だった。浮世絵や戯作《げさく》でしか触れることのできない夢物語。それをようやく、自分の目で見ることができたというのに。

「もう、見納めかぁ」

カメの手には、一枚の書状が握られていた。それは、大奥からの退去を命じるもの。アサはこう言っていた。「カメちゃんには、もっと幸せになれる場所があると思うの」

それが慰めであることくらい、カメにもわかった。

「……御中﨟になりたかったなぁ。綺麗《きれい》な着物を着て、いい匂いのするお香を焚《た》いて、天子様に……」

誰に聞かれることもなく、そうつぶやいて、カメは七つ口の喧騒《けんそう》を離れた。長局向への帰りは、たっぷりと回り道をする。たった五日、それでも確かに奥女中の一人として過ごした時間を惜しむように。

大広間の近くを通りかかると、奥女中たちが酒や御膳《ごぜん》をひっきりなしに運び入れていた。襖《ふすま》の隙間から中を覗けば、溢《あふ》れんばかりの祝いの品を引き連れて、大名たちが挨拶《あいさつ》に来る様子が見えた。応対は御中﨟の大友がしている。大名たちは赤ら顔で、大きな声を上げて笑っていた。

　そして、部屋の奥に目を向けた時、カメは思わず声を上げそうになる。御簾《みす》の上がった雛壇《ひなだん》に、天子様と御台様がいたのだ。天子様の母君である水光院《すいこういん》、それから生まれたばかりの御姫様も見えた。

「あの方が……」

　天子様は若く、美しかった。大名たちの挨拶にはぴくりとも表情を変えず、静かに頷《うなず》き返すばかり。口を開くこともない。どこかうつろなそのまなざしを、ちらりとでもこちらに向けてはくれないか。そして自分と目が合った瞬間、光るものが生まれはしないか。

　カメのそんな思いは、ふと響いた鈴の音にかき消される。

　ちりーん。

　廊下の端に置かれた薬売りの天秤《てんびん》が、長局向の方に傾いていた。近づくと、少し離れた天秤が傾き、また一つ、また一つと鈴が鳴る。他の奥女中たちも思わず足を止め、まるで大奥全体が、息を呑《の》むように静まり返る。

　古池の澱《よど》みのような臭いがした。天秤を追えば追うほどに、それは強くなる。しかし、カメの足は止まらなかった。天秤に導かれるようにして、廊下を進む。次第に鈴の音は間断なく鳴りはじめ、音を追う足取りも早くなる。

どうして……。

どうして、捨ててしまったの……。

足元から、そんな声が聞こえたような気がした。カメはそれを振り払うように、いつの間にか必死になって廊下を走る。

どうして……どうして……。

止むことのないその声に、カメは思わず叫んでいた。

「だって……それが……大奥なんでしょう……！」

中庭にやってくると、カメの足が止まった。いや、息も、胸の鼓動も、全てが止まったような心地がした。

なぜなら、そこには海が広がっていたからだ。

今や中庭の古池は極彩色の禍々《まがまが》しい奔流にかき混ぜられていた。廊下の欄干には激しい波が打ち寄せ、火花のような水しぶきを上げている。

妖《あやかし》の海。

唐傘の生み出すおぞましき海が、長局向を呑み込もうとしている。

一方、空には大きな亀裂《きれつ》が走り、裂け目には円形の文様が浮かび上がっていた。それはちょうど、無数の巨大な眼が天から見下ろしているかのようで、その中でもひときわ大きな三つ目からは、滝津瀬のような雨が降り注ぐ。

「ああ……！」

そして、一つの影が祭壇の三角鳥居の上に立っていた。

その悲しげな相貌《そうぼう》を認めた時、カメはある事実に——一つの縁に気づき、呆然《ぼうぜん》とし、それからはらりと一筋の涙をこぼす。

「あなたが……あなたが、北川様だったのですね……」

■

アサは歌山の部屋に駆け込むと、膝《ひざ》もつかず、無礼を承知で呼びかけた。

「歌山様！」

いつものように座っていた歌山は、目を閉じたままつぶやく。

「始まってしまえば、あっけないものだな」

七つ口から微かに届くお囃子《はやし》の音に、彼女はじっと耳を傾けていたようだった。しかし、それをかき消すようにして、遠くから鈴の音が近づいてくる。

「アサはさがれ。ここにいては巻き添えだ」

「ですが」

「北川が狙っているのは、わたしだ！」

歌山の一喝に、アサは気圧《けお》された。アサが逡巡《しゅんじゅん》する間にも部屋には腐臭が漂い、冷ややかな風が足首を撫《な》でる。

ぴちゃり、と頬に何かが滴った。天井を仰げば、そこには雨漏りのような染みが見える。

「――下がれ！」

突然、襖が開け放たれ、薬売りが飛び込んできた。そして、そのままひらりと身を転じたかと思うと、札を次々に投げ放つ。それらは中空に浮かび上がると、アサと歌山を挟むようにぐるりと二つの輪を描いた。そして、薬売りが手を掲げた途端、まるで札は号令を受けたように天井、壁、床に飛びつき、二本の結界を成す。

「奴が、こちら側に出ようとしている……！」

薬売りがそう叫ぶより早く、天井から怪異の海がなだれ込み、結界にどっと押し寄せた。海はアサの鼻先で目に見えぬ壁に突き当たって止まったが、その瞬間、札が赤く染まる。まるで血を流しているかのようだとアサは思う。実際、怪異の海が結界にぶつかるたび、ミシミシと何かが裂けるような音がした。

「モノ怪《け》よ……何を、捨てた……！」

一際激しく海がぶつかると、結界を支えるように掲げられていた薬売りの手から鮮血が散った。見えぬ壁は次第に押し込まれ、アサたちの居場所はますます狭くなっていく。

「……捨てたもの……」

微《かす》かな歌山のつぶやきを、薬売りは聞き逃さなかった。ぎろりと横目に睨《にら》むと、苦《く》悶《もん》の表情を浮かべて叫ぶ。

「理を……！　剣を抜かねば、やられる！」

しかし、歌山はただ首を横に振るばかりだった。アサの目に映る彼女には、もはや嘘やたくらみの影は見えない。つまり、今朝語っていたとおり、彼女は本当にわからないのではないか。唐傘の情念——北川の想いの正体を。

とはいえ、たとえ歌山が薬売りに答えていたとしても、間に合ったかどうかは怪しい。なぜなら、決壊はすぐに起きたからだ。札の隙間を怪異の海が突き破った途端、すべてが一息に崩れた。アサと歌山は、薬売りもろとも海に呑まれたのだ。

激しい波に揉《も》まれながら、アサは何かに縋《すが》ろうと無我夢中で手を伸ばした。ようやく摑《つか》んだと思えば、それは手《て》毬《まり》だった。ぞっとして手放すと、次の瞬間には万華鏡が腕に飛び込んでくる。

そうか。この海には、捨てられたものの想いが澱んでいるのだ。

そう思った時、アサは自分の手の中に、一つの人形があることに気が付いた。それは初めて北川と出会った時、彼女が部屋に置き忘れたと言っていた人形だった。あの時の北川は夢か幻か、あるいはモノノ怪そのものだったのか。今となってはわからないが、自分は確かに北川と言葉を交わした。

ならば、そこに理はあったのだろうか、とアサは思う。

この海の底に沈んだ、北川の想いは。

「──乾いて、しまった」

そんな声が聞こえた時、アサはゆっくりと目を覚ました。いつの間にか、中庭の祭壇の前まで流されていたらしい。髪の毛から着物の裾《すそ》までしとどに濡《ぬ》れており、身体が重い。

少し離れたところには、同じく全身から水を滴らせて薬売りが立っていた。その視線は厳しく、頭上に向けられている。いまだ正午も迎えていないはずの空はなぜか黄昏《たそがれ》色に染まり、天中には巨大な裂け目と、その中に三つ目が浮かんでいた。亀裂は今も八方に枝を伸ばし、蕾《つぼみ》のような目玉が、一つ、また一つと増えているのだった。そ

れが何なのかアサには見当もつかなかったが、ただ、自分たちが見下ろされていると
いうことはわかる。
そして、もう一つ、アサの目に留まったものがあった。
「北川様！」
空に浮かぶ三つ目よりもずっと手前、井戸を囲む三角鳥居の上に、北川がいた。
「あれが……北川殿」
薬売りがつぶやくと同時に、突然、どこからか天秤《てんびん》の音が聞こえ始めた。
ちりん、ちりん、ちりん！
今までにない激しさだった。風は強まり、礫《つぶて》のような雨が頬を打つ。
するとおもむろに、薬売りが帯から剣を取り出した。鬼の意匠が歯を打ち鳴らし、
まるで何かを探すように、目をぎょろりと回している。
「唐傘が……現《うつ》し世に、顕現する……！」
空に浮かんだ三つ目が、ゆっくりと閉じられ、そして開いた。その瞬《まばた》きが、合図だ
った。一斉に天秤が傾き、ひときわ大きな鈴の音が響き渡る。
アサは三つ目の奥から一本の傘が落ちてくるのが見えた。それは破れ、傷つき、穴
が開いている。まるで誰かに捨てられたような唐傘が、天から落ちてきたのだ。

「あれに……麦谷や淡島は殺されたのか……？」

歌山のうめきに、薬売りは一言、

「いかにも」

と答えた。そして、アサと歌山を守るように前に立つと、裂帛《れっぱく》の気合をもって、祭壇の前に札を投げつけ、結界を作る。

唐傘が地表に降り立つと、怪異の海がどっと波打った。鉄砲水のような水流が祭壇に襲い掛かる。

「ぐっ……！」

薬売りの手から、ぱたたっ、と血がほとばしった。何とか攻撃をしのいだかと思いきや、すぐに第二波が襲い掛かる。結界が軋《きし》む。薬売りが小さくうめき、少しずつ後ろに押されていく。アサはもうただ息を止め、その背中を見つめることしかできない。

不意に波が引き、視界が開けた。すると、唐傘の姿が転じている。曼荼羅《まんだら》のごとき文様を浮かべて、傘が開いていた。

その瞬間、ぶるりとアサの体が戦慄《わなな》いて、震えが止まらなくなる。モノノ怪など初めて見るにもかかわらず、アサは、鼠が猫の爪を見た時のように、あるいは蛙が蛇の牙《きば》を見た時のように、即座に確信したのだ。これは、命を奪うかたちをしている、と。

直観はすぐに裏付けられる。唐傘の文様が不意に隆起したかと思うと、無数の触手となって飛び出した。それは札の結界を一撃で突き破り、鞘《さや》入りの剣を構えた薬売りを吹き飛ばす。

アサもまた、悲鳴を上げる間もなく、突然突き飛ばされた。一瞬、唐傘に襲われたのかと思ったが、そうではない。

「歌山様……？」

祭壇の中心に立っていたアサを、歌山が押しのけたのだった。今や、彼女は初めて会った時のように、どこまでも落ち着いたまなざしを取り戻していた。

次の瞬間、唐傘から伸びた触手が彼女の頭を吹き飛ばす。

首一つとなって、空高く打ちあげられながら、歌山は微かに唇を動かすのをアサは見た。

これが、わたしの、おつとめだ、と。

歌山の首が鈍い音を立てて地に落ちる。すると、怪異の海が一息に押し寄せて、首もろともアサを呑《の》み込んだ。

■

大井戸を落ち始めてからどれほどの時間が経ったのか、三郎丸にはてんで見当がつかなかった。あまりの暗さに、自分の輪郭さえもわからない。ひとたび気を抜けば、時の前後も、場所の上下もわからなくなり、自分が泥のような闇に溶けだしていくような心地がする。

だが、終わりは突然やってきた。三郎丸は大きな飛沫《しぶき》を上げて、深い水に飛び込んだのだ。幸い、しがみついていた桶《おけ》が勢いを殺してくれたのか、痛みも少ない。三郎丸はすぐに水面から顔を出し、前方に見える光を頼りに泳ぎ始めた。

祭壇の地下は大きな空洞となっていた。そこに水が溜《た》まり、池のようになっているらしい。水面には櫛《くし》や籠《かご》など、様々なものが浮かんでおり、まるで芥溜《ごみた》めだった。とりわけ三郎丸にそれを思わせたのは、鼻につく臭いだろう。気持ち悪くなるほど濃密な伽羅《きゃら》の香りの裏に、水の饐《す》えた悪臭が澱《よど》んでいる。

「臭いものには蓋《ふた》をしろ、ということか……」

井戸を飛び降りたことによる昂《たかぶ》りがまだ収まらないのか、三郎丸は知らず笑ってしまう。あるいは、目の前に広がる光景は、笑いでもしなければ到底受け止めきれるものではなかったのかもしれない。

池の奥にあったのは、あまりに大きな祭壇だった。天井は東大寺《とうだいじ》の大仏も収まるほどに高く、四方の壁は金泥や丹《に》で彩られている。芥溜めという先の印象とは裏腹に、ここが大奥の枢要であることは明らかに見て取れた。祭壇の中央には祠《ほこら》のようなものが置かれており、それは三本の柱から延びる綱によって縛られていた。見つめるだけで、ざらりとした手で撫《な》でられるような寒気を覚える。

池は奥に進むにつれて浅くなり、やがて坂になった。異様なのは、行灯《あんどん》の心もとない光だけが頼りの地下にあって、一面に色とりどりの花が咲いているということだ。言ってしまえば、この世とも思えぬ光景だった。

「こんなものを隠していたとは」

文字通り、大奥は底が知れぬ、と三郎丸は思う。神代の伝説に曰《いわ》く、大地の奥深くには死者が住まうという黄泉《よみ》の国があるのではなかったか。そこに立ち入るためには、一つの坂を通らなければならない。ここは大奥の黄泉比良坂《よもつひらさか》なのか――。

三郎丸がそんなことを考えながら、花咲く坂を上っていた時、不意に、ばきんっ、と音がした。何か硬いものを踏みぬいたらしい。拾い上げてみると、それは中に貝殻や色紙の入った円筒だった。確か万華鏡と言ったか。以前、平基が女からの贈り物だと言って、自慢してきたことがある。

「どうしてこんなものまで……」

と、三郎丸は動きを止める。目の端に見覚えのある着物の柄が見えた。一歩近寄ってみて、思わずうめき声が漏れる。

「淡島……殿」

それだけではなかった。少し離れたところには、麦谷の骸《むくろ》が。その隣にも、そのまた隣にも奥女中の骸がある。十や二十ではきかないだろう。目を凝らせば、百花繚乱《りょうらん》の花園に紛れて、いたるところに亡骸《なきがら》がある。

「いつからだ……」

答えなど返ってこないことは百も承知で、三郎丸は問いかけずにはいられない。

「いつから、おぬしたちは……！」

大奥は大火事で幾度か棟が焼け落ちることはあっても、天子様が政《まつりごと》を治める天守閣の奥から動いたことはない。大井戸もまた、その間ずっと大奥とともにあったはずだ。

つまり、ここにあるのは、百五十年もの長きにわたり、降り積もった塵芥《じんかい》。大奥から捨てられた、すべてのもの、人、想い――……

三郎丸は不意に、一つの傘が井戸から落ちてくる様を見た。ふわり、ふわりと漂った末に、それは坂の一角に落ちる。思わず駆け寄ると、傘はいつの間にか消え去り、代わりにあったのは泣き顔の少女の人形。

その傍らには、骸が一つ横たわっていて、まるで人形に触れようとするかのように、手を伸ばしていた。

「これが……大奥だというのか」

三郎丸はとうとう全身から力が抜け、頽《くずお》れた。

「こんなものが……」

三郎丸は結局、北川に何があったかなど、わからない。ただ確かに言えるのは、彼女はこの地下に捨てられた数多《あまた》の女中と同じく、ここで死んだのだろうということ。

北川は、ほかでもない、大奥という化け物に殺されたのではないか。

■

雨の匂いがした。ぽつりと頬に冷たいものが落ちてきて、アサは目を開く。

何か恐ろしい夢を見ていたような気がしたが、まるで逃げ水のように記憶は遠ざかって、思い出すことができない。気が付いた時には、アサは祭壇の前で、たくさんの奥女中たちの後ろに座っていた。

大井戸の方に目を向けると、そこには二人の少女がいた。歌山に促され、一人の少女が立ち上がる。その手には、一体の人形が握られていた。

傘を持った少女の人形だった。

どうやら彼女は新人の女中で、今まさに出離の儀を――自分にとって大切なものを井戸に捨てる、あの儀礼をするところらしい。

すると歌山が、祭壇の前に集《つど》った奥女中の全員に聞こえるような声音で言った。

「御仲居、火之番《ひのばん》、御祐筆《ごゆうひつ》……どんなお務めにも、いつか大切な時が訪れる。自分のすべてを捧《ささ》げなければならない、そんな時が。ゆえに、足かせとなるものは、ここで外してしまいなさい。必要な時に、迷わず踏み出せるように」

少女は「はい」と言って、間髪を容《い》れず人形を井戸に放り投げた。その瞬間、人形からは傘が外れ、ばらばらになって井戸へ落ちていく。

ぱら、ぱら、ぱらん。

不意に小気味の良い音が響く。振り仰ぐと、一本の傘がアサの上に差し出されていた。雨が弾《はじ》けるたび、ぱらん、ぱらん、と音がする。

「……北川様」

アサの呼びかけに、傘の持ち主は応《こた》えない。ただ、まっすぐと祭壇に立つ少女を見つめて、彼女はつぶやいた。

「もとより、わたしに迷いなどなかった。捨てることで、変わろうと決意したのだから。歌山様の覚えもめでたく、わたしは順調に出世していった」

大井戸の前には、人形を捨てた少女——若き日の北川が立ち尽くしている。すると、もう一人の新人女中が傘を差して、彼女のもとに歩み寄った。

「同じ時期、一緒に大奥に入った娘がいた。彼女は……とても優しかった」

そういえば、とアサは思う。カメちゃんもあの日、傘を差してくれた。大切なものを捨てて、つらい思いをしていたのは彼女の方だというのに。

「ただ」

北川が独り言を続ける。

「大奥で生きるには、優しすぎた」

気が付いた時には、アサは長局向の廊下に立っていた。そのすぐ脇を二人の女中が駆けていく。若き北川が、まだ髪も寝乱れたままの女中の手を引いていた。部屋に入った二人は、しばらくすると四つも重ねたお膳《ぜん》を持って戻ってくる。

あっ、と声を上げる間もなく、北川の後ろを歩いていた女中が足をもつれさせ、お膳は廊下にぶちまけられる。

「彼女は仕事の覚えが悪かった。働くことができなければ、周囲になじむこともできない。彼女はそれを気にする様子もなかったけれど」

北川が一瞬言葉に詰まり、それからゆっくりと息を吐き出すように言った。

「わたしは、苛立《いらだ》つことが、多くなった」

再び、場所が変わった。今度はアサもよく見覚えがあった。それは自分の部屋――つまりはかつて北川の部屋だったところ。隣にいた北川が、ふと部屋の隅へ歩いていく。その手からはいつの間にか傘が消えている。

「大餅曳《おおもちひき》での大役を仰せつかったその日、彼女に大奥を去るように伝えた」

北川は箪笥《たんす》の上に置かれた箱をそっと開く。その途端、黒くどろどろとしたものが中から溢《あふ》れて、畳に落ちる。しかし、北川はそれに気づいた様子もなく、文机《ふづくえ》の前に座ると仕事を始めた。

その間にも、空の人形箱からは黒い水が流れ落ち、部屋を満たしていく。

「思い悩むことが減り、お勤めに集中できるようになると……思っていた」

北川がそう言いながら、筆を止める。

「わたしは、乾いてしまった。……最初から乾いていたのに、気づかなかっただけかもしれない。わたしは次第にお勤めする気力を失い、お役目を失い……部屋から出られなくなっていた」

アサはふと北川と目が合ったような気がして、動けなくなる。彼女の目は暗く澱《よど》んでいて、それは怪異の海の色とそっくりだった。

「どうして、捨ててしまったの？」

北川はぞっとするような微笑みを浮かべ、そうつぶやいた。彼女は突然立ち上がり、アサの方へ向かってくる。思わず身をこわばらせるが、北川は横を通り過ぎ、中庭に面した襖《ふすま》を開いた。その視線の先にあったのは、祭壇だった。

雨が降り始めた。たちまちあたりに水の匂いが漂う。中庭の池にいくつもの波紋が生まれては消え、そのたびに雨音が耳朶《じだ》を打つ。

「どうして……わたしは……捨ててしまったの？」

北川が自問した時、それまで固く結ばれていたアサの口を破って、声が飛び出した。

「わたしには、わかります！」

北川は振り向かない。そもそも、言葉を交わせる相手ではないと、アサもわかっている。彼女は……彼女とともに眺めるこのすべては、幻に過ぎないのだ。川が涸《か》れた後、その流跡を見て、水の煌《きら》めきを思い描いているようなもの。怪異の海に沈んだ、来し方の想い出。

しかし、そう思ってもなお、言わずにはいられなかった。

「あなたは……ただ、怖かっただけなんです。大奥があなたの大切なものを傷つけることが。そして、大切なものを傷つけられることで、あなたが傷つくことが……」

捨てることは、覚悟を決めることではない。守りぬく覚悟がないから、先に手放すのだ。失うことが怖いから、自分から別れを告げるのだ。大切なものであればあるほど、人は傍に置くことに臆病《おくびょう》になってしまう。

よくわかる。いやというほど、アサにはわかってしまう。

北川はゆっくりと部屋の外へ踏み出した。まるで何かに導かれるように、廊下の欄干の外へ手を伸ばし、雨に触れる。

「あの子はわたしの傘だった。決して手放してはいけない……」

ふらり、ふらりと北川が歩き出す。アサはその後を追いかけようとするが、なぜか足が動かない。足元を見れば、あの黒い水が泥濘《ぬかるみ》のように絡みつき、アサを引き留めていた。

「どうしたら取り戻せるのか、考えた。一度捨ててしまったものを、この手に抱く術《すべ》はあるのか。……答えは一つ。自分も捨ててしまえばいい。そうすれば、同じところに行ける」

北川が遠ざかっていく。その足取りは、まるで友人との待ち合わせに赴く少女のように軽やかだった。

「お待ちください、北川様！」

アサはなんとか黒い水の足止めを振り切ると、走り出す。雨にもかまわず中庭に飛び降り、泥をはね上げ、北川の背中を追いかけた。

どこから降ってきたのか、祭壇の大井戸に一つの傘が落ちていくのが見えた。北川はそれに手を伸ばし――、

「だめえぇぇぇぇっ！」

アサは間一髪で、井戸に飛び降りた北川の手を掴《つか》んだ。その時初めて、彼女がひどく軽いことに気づく。食べ物が喉《のど》を通らず水も飲まなくなった彼女は、最期の時に、文字通りここまで乾いてしまったのか。

アサは言った。

「……生きていれば……いつか、またどこかで……会うこともできるはずです……た

とえ、一生後悔を抱えたまま、たった独りで生きていくとしても……どうせ、最後には会えるじゃないですか……」

北川は真っ暗な井戸の底を見つめたまま、言った。

「今すぐ、会いたかった。わたしはいつかを頼りに生き続けられるほど、強くはない」

そして、不意に顔を上げ、今度ははっきりとアサの目を見て微笑む。

「あなたにも、今すぐ会いたい人が、いるでしょう?」

「……います」

「なら、わかるはず」

雨で濡《ぬ》れた手が滑った。北川は音もなく離れ、井戸の底に落ちていく。その手を追って身を乗り出した拍子に、アサはぐらりと重心が傾くのを感じた。

あっ、と思った時には、大井戸に頭から落ちて——。

■

カチーン! と、どこかで剣が鳴り響いた。

■

「……アサちゃん！」

見上げると、カメが手を掴んでいた。歯を食いしばり、爪が食い込むほど強く、アサの腕を握っている。

彼女の後ろには黄昏《たそがれ》色の空が広がっていて、ようやく自分は現《うつつ》に戻ってきたのだとアサは気づいた。北川が自ら命を絶ったあの日の夢から、モノノ怪《け》の暴れる大奥の今へと。

「ちょっと……待っててね……絶対に……助ける……から……！」

そう言いながらも、カメはアサの重みに引きずられて、少しずつ前へ乗り出してきた。アサは空いていた手で、カメの手を引きはがそうとする。

「いいの……！　これじゃ、カメちゃんまで……」

すると、カメは目を見開き、アサをまっすぐに見つめてくる。そのまなざしの強さは、思わずアサが怯《ひる》むほどだった。

「ダメっ！　絶対に、助ける！」

「でも」

「わたしは、ここじゃ、全然役に立たないけどさ……アサちゃんを、助けることは……できるから……！」

カメの目に、不意に涙があふれて頬を伝う。顎《あご》の先から落ちたあたたかい雫《しずく》が、アサの頬を濡らした。

「これが……最後の、お務めだから……！」

カメが全身の力を込めてアサの腕を引っ張ると、ゆっくりと、しかし確実に、アサは引き上げられていく。

その間、アサの頭をよぎったのは随分と遠い記憶だった。

妹が幼いころ、病で何日も臥《ふ》せったことがあった。何かできることはないか、とアサが尋ねると、彼女は、なんでもいいから文字を書いてくれないか、と頼んできたのだ。それで一体どんな言葉を書いたのか、アサには思い出すことができない。何の変哲もない、手習いで書くようなものだったと思う。

しかし、文字の書かれた紙を妹に渡すと、彼女はおもむろに鼻を近づけて、深く息を吸い込んだのだった。

「姉さまの字はね、お日様の香りがする」

その時から、アサは文字を書くことが好きになったような気がする。数ある取り柄の一つではなしに、ただ、書くことが好きになった。

思えば、それゆえに自分は大奥に来たのだ。その果てに、御祐筆《ごゆうひつ》に憧《あこが》れた。

ずっと今の自分を支えていたのは、妹の一言だったのではないか。

どうして、そんな大切なことを、ずっと忘れていたのだろう。

アサの頰が、再び濡れた。今度はアサ自身の目から零《こぼ》れ落ちた、あたたかな涙によって。

――あの子はわたしの傘だった。決して手放してはいけない……

北川の言葉を思い出す。

そうだ、わたしもまた、多くの傘によって守られてきた。妹の手をとることはもう二度とできないけれど、今わたしを引き上げようとするこの手は、まだ届くところにある。ならば。

アサはカメの手を、しっかりと摑み返した。

■

「始まりに――傘を捨てた」

からん、と下駄の音が響く。

「終わりに――己を捨てた」

ちりん、と天秤《てんびん》の音が響く。

「大奥の底に眠るは、捨てられた者の悲しみと――」

かちん、と剣の音が響いた。

「捨てる者の痛み――」

薬売りは長局向の屋根の上を歩きながら、そうつぶやいた。もしも唐傘に口があったならば、思わずこう漏らしたことだろう。いつの間に戻ってきたのか、と。触手に薙《な》ぎ払われ、怪異の海に呑《の》まれていながら、薬売りはなおもしゃんと立っている。

それどころか、全身をめぐる生気はいやましに漲《みなぎ》り、華奢《きゃしゃ》な四肢の内側には、はちきれんばかりの何かが渦巻いていた。

薬売りは二人の少女が大井戸から抜け出した様を一瞥《いちべつ》し、それから中空に浮かぶ唐傘へと視線を向けた。

「――理が、示された！」

その言葉を合図に、退魔の剣が薬売りの手を離れ、静かに浮かび上がる。薬売りは続けざまに三つの印を結んだ。

「形、真、理……三様が揃い……！　よって、剣を……」

そして、両手を前に突き出すと、

「解き、放つ！」

回した。

がちんっ、と退魔の剣が鳴り、鬼面が薬売りの言葉を復唱する。

「トキハナツ――――！」

天より転ずれば、すなわち変じて地となる。

動より転ずれば、すなわち変じて静となる。

この時、万物は転じ、時の流れが止まった。薬売りもまた、人の器から人ならざる者の器へ――神儀《しんぎ》へと化身する。

隈取《くまどり》のごとき化粧が流れ落ち、新たな文様が足元から這《は》い上がった。文様は周囲を窺《うかが》う目のように動き回り、襲い掛かってくる唐傘に気づく。それでも、神儀の動きはあくまでも穏やかに、宙に浮かんだ剣を摑《つか》んだ。

鞘《さや》が外れる。刀身があるべき場所に鋼《はがね》はなく、ただ柄《つか》のみが手の中にある。しかし、神儀が目を見開いた時、鍔《つば》が輝き、影が生まれた。

陰陽八卦《はっけ》が一振り——坤《こん》の剣。

坤とはすなわち、混じりなき陰のこと。ゆえに、その刀身は一片の光も映すことのない、黒き影によってできていた。

神儀が鍔を撫《な》でると影が形を変え、無数の枝刃が生える。剣は碧《あお》き炎をまとい、神儀もまた、炎を宿したように紅《あか》く髪を燃え上がらせた。

矢のごとく飛来した唐傘が触手を放つ。神儀はただ、剣を一振り。影の刃《やいば》が散り、無数の盾となって、驟雨《しゅうう》のごとく降り注ぐ唐傘の攻撃を弾《はじ》いた。神儀は毛一つそよぐこともなく、じっと唐傘を睨《にら》んでいる。

そして此度《こたび》は神儀が動いた。とん、と軽く屋根を蹴《け》ると、風を切って空に飛び出す。その迫る速さに怖気《おじけ》づいたのか、唐傘はとっさに迎撃の触手を放った。神儀は軽々と避《よ》けるが、触手は執拗《しつよう》な蛇のように、神儀をめがけて伸びてくる。神儀は空を駆け、剣を振るって、触手を一つずつ打ち落とした。

そして、息切れのように攻撃の手が緩んだ一瞬を見逃さず、神儀は踏み込む。鍔を指が這う。剣が転じる。枝刃が消え去り、影が無数に分裂して、蛇骨のごとき形相をなす。薬売りが振るうと、剣がうねり、鞭《むち》のようにしなった。

触手はことごとく薙ぎ払われ、今度は唐傘が防戦を強いられる。やがて、ぱっと傘を閉じたかと思うと、急降下し、そのまま怪異の海に飛び込んだ。水面から顔を出した唐傘は、触手を通じて海の水を飲んでいる。

「お前も……乾くか」

神儀は祭壇の三角鳥居の上に降り立ち、その様子を眺めていた。

傘とは、雨より人を守るもの。

されど、見方を転ずれば、人より雨を奪うものでもある。誰しも濡《ぬ》れたままで生きることはできないが、潤いなしには枯れてしまう。麦谷も淡島も、唐傘によって飲み干された。畢竟《ひっきょう》、傘は永久に渇きと結ばれている。

神儀が跳んだ。上から唐傘に切りかかる。唐傘は新しい触手を縦横無尽に放ち、応戦した。薬売りは天を蹴り、剣を払って、唐傘を翻弄《ほんろう》する。

一つ、また一つと触手が斬り飛ばされる。

やがて、再び唐傘の水が涸渇《こかつ》し、触手を放つことができなくなった。すぐさま海に向かって降りるが――遅かった。その先には、既に神儀が待ち構えている。

神儀が唐傘を斬り上げ、天高く吹き飛ばした。神儀は矢よりも速くそれを追い、唐傘と今一度向き合う。

「唐傘よ……お前を斬り……清め……鎮める……！」

がこん、と一際重い音を立てて、退魔の剣の鬼面が歯を鳴らす。

その瞬間、天が破れる音がした。耳を聾《ろう》するほどの轟音《ごうおん》と共に、黒い稲光が剣に落ちる。

三度《みたび》、転じた。

刀身が揺らめき立ち、巨大な一振りへと姿を変える。雷の影を束ね、鍛えた剣がその秘められし威容を解放する。

「モノノ怪《け》よ、還《かえ》れ——一閃《いっせん》！」

神儀が、斬った。

剣が唐傘を両断し、三つ目から光が消える。傘に描かれていた文様がどろりと溶け、やがて、その器全体がばらばらにほどけていく。

すると、退魔の剣は既に役目を終え、影の刀身を失っていた。

「……許せ」

そうつぶやきながら、神儀は剣を鞘に戻す。

静寂に満たされた大奥の空に、かちん、という小さな音だけが響いた。

■

井戸に落ちかけていたところを、アサはカメに引き上げられた。

しかし、勢いあまってカメは尻餅《しりもち》をつき、アサもつれるように倒れてしまう。のしかかってしまったカメの上から、アサは慌てて飛びのいた。

「ごめんね」

すると、カメはにっこりと笑って、手を差し出す。

「いいってこと」

アサもまた、その笑みにつられて思わず笑みがこぼれる。手を取り、カメを立ち上がらせると、彼女は空を見上げた。

「あ、晴れてる」

いつの間にか、あの禍々《まがまが》しい目の浮かんだ空が、青く澄み渡っていた。海に沈んでいた中庭も、まるで何事もなかったかのように、池に静かな水を湛《たた》えている。そして、モノノ怪の姿も、歌山の骸《むくろ》も、どこかに消え去っていた。

そういえば、と周囲を見回すと、少し離れたところに薬売りが立っていた。

「……あれ？」

「どうかした？」

「今、薬売りさんが……」

一瞬、別人のように見えたような気がしたのだ。ひどく恐ろしくて、美しい、何かを見たような気が。

しかし、不意に優しい風が祭壇に吹き寄せた。すると、思い出したかのように、七つ口から大餅曳《おおもちひき》の賑《にぎ》わいが届く。

「本当に……終わったんだ」

アサのつぶやきに、カメが「え〜！」と口を尖《とが》らせた。

「アサちゃんの出番は、これからでしょ？　皆の前で、最高に高まるお祝いの言葉を書くんだから！」

一瞬呆気《あっけ》にとられるが、やがて噛《か》みしめるようにアサは頷《うなず》く。

「そっか……うん、そうだよね」

ようやく始められるのだ、とアサは思う。北川様の想いも、歌山様の想いも、全てを背負って、揮毫《きごう》の儀を果たそう。

それがわたしの、お務めなのだ。

# 結

大餅曳から三日も経つと、七つ口の人出はぱったりと途絶えた。御用商人や表からの来客があるとはいえ、随分と肩の荷も下りて、坂下も欠伸《あくび》の一つくらいはできるようになる。

手持ち無沙汰《ぶさた》の理由の一つには、毎日七つ口にやってきた薬売りが、大餅曳の日の翌日から姿を見せなくなったこともあるだろう。大奥でのモノノ怪騒ぎは無事に解決したらしいが、坂下は結局その顚末《てんまつ》を知らない。わかっているのは、歌山が消え、それ以降大奥は静かになった、ということだけだった。あの男が果たしてどのような活躍をしたのか。大餅曳の務めがあったとはいえ、見届けられなかったのは妙に口惜しい気もする。

「坂下殿」

「お、おお！　これはこれは、時田殿に、嵯峨殿！」

物思いに耽《ふけ》っていると、若侍の二人組がやってきた。声をかけられるまで気が付かなかったのは、さすがに緩みすぎていたかもしれない。坂下は一つ大きな咳払《せきばら》いをして、背筋を伸ばす。

「何か、御用で？」

すると、三郎丸が通行手形を袂《たもと》から取り出した。

「これを返しにきました。大餅曳の日は、慌てて帰ってしまったので」

平基からも手形を渡され、坂下は二つの手形をうやうやしく受け取る。

「申し訳ない。御足労をおかけしました。なにぶん、あの日は皆、気が動転していたもので」

「いや、無理もないでしょう。歌山殿が亡くなったのですから……」

三郎丸はそう言って気まずそうに目をそらす。それから、わざとらしく「そうだ」とつぶやくと、一つの書状を渡してきた。

「これを、おアサ殿に」

「おアサに、ですか……しかし」

坂下が顔をしかめると、すかさず平基が三郎丸に耳打ちをした。

「坂下殿は大奥を守る広敷番だぞ？　恋文なぞ、奥女中に渡せるわけがなかろう」

「おい」

三郎丸はため息を漏らし、じろりと平基を睨《にら》んだ。しかし、それ以上は何も言わず、坂下の方に向き直る。

「それは報告書です。ふた月前の大餅曳延期について、そしてこの前の大餅曳でどのようなことがあったのか。表に伝えたものを書き写しました。おアサ殿には随分とご協力いただいたので」

「なるほど……それであれば」

「頼みます」

坂下は書状を懐にしまいながら、思い切って尋ねてみる。

「……唐傘は、祓《はら》われたんですかね……？」

三郎丸はしばらく考え込んだのち、小さくかぶりを振った。

「わかりません。我々は化け物退治を見たわけではないので」

そして、不満を隠さず、こう続ける。

「表には、大奥の地下にある祭壇と、そこで死体を見つけたということを伝えましたが、お偉方が此度《こたび》の話をどれほど真剣に受け取ったかは、いささか疑問です」

「御年寄が亡くなったというのに？」

「……いや、むしろ……」

言いよどんだ三郎丸の言葉を拾い上げるように、平基が口を開いた。

「歌山殿が亡くなったとなれば、もはや彼女が何を隠していたかなど、どうでもよいのです」

平基は坂下を見つめてにやりとする。

「じきに、歌山殿の後任争いが始まりますよ。表の政《まつりごと》と大奥は、表裏一体。誰もが、大奥総取締役の座を手に入れようと狙っているのでね。……歌山殿という傘を失い、大奥はどうするのか……」

しかし、坂下は落ち着いてこう返した。

「ご心配には及びません。傘は一つとは限らない。新しいものを差せばよいでしょう」

平基はその返しが意外だったのか、呆気に取られて二の句が継げずにいた。三郎丸も苦笑するほかない。

「まこと、大奥は強《したた》かだ」

坂下は頷き、平基を見て、お返しににやりと目を細めた。

「百五十年も続いているのです。新人もやがては御目見となり、若造だった門番もいつかはこのような皺《しわ》ができるというもの」

すると、平基も小さくため息を漏らし、「参った、参った」と肩をすくめる。

と、その時だった、七つ口の静けさをぽんと割って、明るい声が響く。

「坂下様！　あっ、それに、お二人も！」

カメだった。振り向いてすぐ、三郎丸は言葉を失い、平基も目を見開いた。坂下だけは優しく返事をする。

「おカメ。忘れ物はないか」

「はい、大丈夫だと思います。来たときより軽いから、少し心配になっちゃうけど！」

そして、カメはくるりと振り向いて、長局向に向かって深々と頭を下げた。

「永の御暇《おいとま》を拝領いたします」

坂下は、こうなることをどこかでわかっていたような気もする。しかし一方で、もしかしたら、という期待もなかったわけではない。

すると、カメは坂下の内心を察したのか、あるいは突然のことに戸惑う三郎丸たちへの説明のためか、自ら話を切り出した。

「大奥を出ていくことにしたんです。アサちゃんは、やっぱり残ってほしいって言ってくれたけど……」

カメが頭に挿した櫛《くし》に触れる。螺鈿《らでん》細工の椿が、まるで雨上がりの露のような輝きを放っている。おそらく、アサからの餞別《せんべつ》なのだろう。

「おカメ殿……」

三郎丸はかける言葉を探しているようだったが、結局、ふさわしいものは見つからない。三十年と門番を続けてきた坂下でさえ、暇乞《いとまご》いをする女中たちになんと言えばいいのか、いまだにわからずにいるのだ。大奥に勤めるとはいえ、正門を越えた先は、男子禁制。彼女たちの胸の内——心の奥には、決して立ち入ることができない。

ふと、独り言のようにカメは言った。

「わたしが向かうべき海は、ここではなかったんだと思います。でも……来てよかった。北川様が言ったことは、間違ってなかった」

「……北川殿？　ご面識があったのですか」

三郎丸がようやく我に返って尋ねると、カメは頷《うなず》く。

「わたし、三月《みつき》ほど前に、城下の芝居小屋でとても綺麗《きれい》な奥女中の方に出会って、大奥で働きたいってお願いしたんです。お願いをするだけして、お名前を聞くのを忘れてしまったんですけど……北川様は本当に手配をして、わたしを大奥に呼んでくださいました」

三月ほど前、と言われて坂下はすぐに思い当たる。一度、北川が御台所の菩提寺《ぼだいじ》に代参すると言って、大奥を出たことがあった。

あの頃、北川は親しい同期が大奥を去ったばかりで、どこか気落ちしていたように見えた。通例、帰り道に奥女中が芝居を見ることは黙認されており、歌山も、気分転換に、と代参を頼んだのではないか。その時、北川が出会った少女がカメであり、こうしてカメが大奥を去ろうとしていることは、奇妙な因果を感じずにはいられない。

「北川様はわたしに言ったんです。『大奥に来たら、きっと大切な人と出会えるはず』って。わたしは、もしかして天子様のことかなぁ、って思ってたんですけど……でも……」

――もっと大切な人に、会えたんだと思うんです。

カメのその言葉は、奥女中としては許されざるものだっただろう。しかし、彼女は一介の娘に戻るのだ。ならば坂下も、それを咎《とが》める故はない。

「……おカメ、身体に気を付けるんだぞ」

「はいっ！　皆様も、どうかお元気で！」

カメは清々《すがすが》しい笑みを浮かべ、ぺこりと頭を下げると、足取り軽やかに七つ口を後にする。彼女は門を出て少し進むと、ちらりと振り返り、大きく手を振った。それはまるで、新たな海に乗り出す小舟から、わたしはここにいるよ、と合図を送るかのようだった。

「最後まで……あの子らしい」

坂下はそう言って苦笑する。そして、大きく手を振り返した。

そうでもしなければ、危うく涙を零《こぼ》してしまいそうだったのだ。

■

地下祭壇には、大奥の祭司である溝呂木《みぞろぎ》北斗《ほくと》が双子の娘――二日月《ふつかづき》と三日月《みかづき》を脇に従え、じっと祠《ほこら》を見つめていた。

祠を取り囲む三柱からそれぞれ延びる三つの綱のうち、一つがまるで腐り落ちたかのように切れている。

「これは……」

苦々しい父の表情の理由を、幼い娘たちはまだ知らない。

わかるのは、ただ、何かが一つ進んだということだけだろう。

北斗は娘を促し、足早に祠を去った。

「嵐が、来るか」

そんなつぶやきを漏らしながら。

■

この日、アサは一向に仕事が手につかなかった。理由は明らかで、カメのことが気になって仕方がなかったからだ。最後の挨拶《あいさつ》は既に済ませている。顔を見たらどうしても引き留めたくなると思って、自分から見送りはしないと決めた。

だというのに、いざその日を迎えてみれば、未練がましい思いが何度も胸の内に湧きあがった。どうにもお勤めに身が入らない。書面の書き損じを幾度か繰り返して、結局アサは筆を放り出した。そして、気分を変えようと、坂下を通して受け取った三郎丸からの書状を開いた。

そこにはお目付け役として彼が調べ上げた、この度の大餅曳《おおもちひき》についての仔細《しさい》がつづられていた。そのほとんどは歌山がアサに明かしたことであり、アサが三郎丸に明かしたことでもある。全て知っているとは思いつつ、三郎丸の誠意に応《こた》えるべく目を通すと、その末尾に、気になることが書かれていた。

北川と同じ日に大奥に奉公に上がり、うまくなじめず、北川自身が暇乞いをさせた女中についてのことだった。三郎丸は彼女も真実を知るべきだろうと、わざわざ面会に行ったらしい。すると、彼女は北川の死を告げられるやいなや、泣き崩れたというのだった。

彼女は米屋に嫁ぎ、今は御用商人として大奥にやってきていた。それは元々、北川の消息を確かめるためだったという。彼女が気づいた時には北川は大奥から姿を消し、誰に聞いても、その後どうなったのかわからなかった。それでも、いつか会えるのではないかと、一縷《いちる》の望みをかけていたらしい。

ただ、彼女はこうも言ったという。あの子がどこにいるかわかって安心しました。これで大丈夫です、と。

アサはどうしてか胸がいっぱいになって、書状を閉じた。そして、ふらりと部屋を出る。中庭に降りると、突然、その広さが染み入った。この大奥は、小さいようでいて、やはり大きい。そんな当たり前のことを思う。

「……いまだ……形は……見えぬか」

不意に、大奥にあってはあまりに異質な声が聞こえて、アサは顔を上げた。祭壇の前に薬売りが立ち、大井戸を覗《のぞ》き込んでいる。

アサが近づくと、声をかけるより先に薬売りが振り返り、いつもの微笑を浮かべた。

「おアサ殿。これは良かった」

「……何のことです？」

命の恩人とはいえ、薬売りの怪しげな趣にはつい身構えてしまう。しかし、彼はアサの硬い声音にかまわず、背負っていた行李《こうり》から少女の人形を一つ取り出し、渡してきた。

その人形は、アサにもはっきりと見覚えがあった。

「これは、北川様の」

「あるいは、あなたのものだ」

「え？」

どういうことかと尋ねようとすると、既に薬売りの姿は消えている。周囲を見回したところで、影も形もない。届かぬと知りながらも、アサは言った。

「ありがとうございます」

アサはそれから、改めて人形に目を落とし、思わず微笑んだ。悲哀を帯びていたはずの面が、いつの間にか晴れやかな笑顔に変わっている。そして、空いていた手には傘が握られていた。人形が大井戸に捨てられた時、離れ離れになった傘が、再び戻ってきたのだ。

アサは思う。彼女は二度と、それを手放すことはないだろう、と。これから先、どれほどの年月を経ようとも、傘は彼女と共にあり続ける。

「……大丈夫。わたしたちは、大丈夫だよ」

アサは確かめるようにそう言って、長局向に向かって歩き出す。

どこか遠くで、からん、と下駄の音が響いた。

それは二つの船出を寿《ことほ》ぐような、どこまでも明るい音だった。

本書は書き下ろしです。

小説《しょうせつ》

# 劇場版《げきじょうばん》モノノ怪《け》 唐傘《からかさ》

新《あたらし》 八角《やすみ》


令和6年 6月25日　初版発行
令和6年 7月5日　再版発行

発行者●山下直久

発行●株式会社KADOKAWA
〒102-8177　東京都千代田区富士見2-13-3
電話　0570-002-301（ナビダイヤル）

角川文庫 24200

印刷所●株式会社暁印刷
製本所●本間製本株式会社

表紙画●和田三造





●お問い合わせ
https://www.kadokawa.co.jp/（「お問い合わせ」へお進みください）
※内容によっては、お答えできない場合があります。
※サポートは日本国内のみとさせていただきます。
※Japanese text only





ISBN 978-4-04-114090-1　C0193

◇◇◇

# 角川文庫発刊に際して

角　川　源　義

第二次世界大戦の敗北は、軍事力の敗北であった以上に、私たちの若い文化力の敗退であった。私たちの文化が戦争に対して如何に無力であり、単なるあだ花に過ぎなかったかを、私たちは身を以て体験し痛感した。西洋近代文化の摂取にとって、明治以後八十年の歳月は決して短かすぎたとは言えない。にもかかわらず、近代文化の伝統を確立し、自由な批判と柔軟な良識に富む文化層として自らを形成することに私たちは失敗して来た。そしてこれは、各層への文化の普及滲透を任務とする出版人の責任でもあった。

一九四五年以来、私たちは再び振出しに戻り、第一歩から踏み出すことを余儀なくされた。これは大きな不幸ではあるが、反面、これまでの混沌・未熟・歪曲の中にあった我が国の文化に秩序と確たる基礎を齎らすためには絶好の機会でもある。角川書店は、このような祖国の文化的危機にあたり、微力をも顧みず再建の礎石たるべき抱負と決意とをもって出発したが、ここに創立以来の念願を果すべく角川文庫を発刊する。これまで刊行されたあらゆる全集叢書文庫類の長所と短所とを検討し、古今東西の不朽の典籍を、良心的編集のもとに、廉価に、そして書架にふさわしい美本として、多くのひとびとに提供しようとする。しかし私たちは徒らに百科全書的な知識のジレッタントを作ることを目的とせず、あくまで祖国の文化に秩序と再建への道を示し、この文庫を角川書店の栄ある事業として、今後永久に継続発展せしめ、学芸と教養との殿堂として大成せんことを期したい。多くの読書子の愛情ある忠言と支持とによって、この希望と抱負とを完遂せしめられんことを願う。

一九四九年五月三日

# 角川文庫ベストセラー

## きのうの影踏み　辻村深月

どうか、女の子の霊が現れますように。おばさんとその子が、会えますように。交通事故で亡くした娘を待ちわびる母の願いは祈りになった——。辻村深月が〝怖くて好きなものを全部入れて書いた〟という本格恐怖譚。

## 水木しげるコレクションⅠ 鬼太郎の地獄めぐり　水木しげる

日本・妖怪漫画の金字塔「ゲゲゲの鬼太郎」から珍しい作品を選んだ傑作選シリーズ。地底の世界の地獄をテーマにした作品を収録。博物学者荒俣宏氏との師弟愛あふれる「鬼太郎、陰陽五行対談」つき。

## 水木しげるコレクションⅡ ねずみ男とゲゲゲの鬼太郎　水木しげる

ねずみ男が結婚⁉ ところが結婚サギにあいお金をとられてしまった！ 無欲な鬼太郎に対して、お金に貪欲なねずみ男。ねずみ男誕生の秘密がわかる荒俣宏氏との「鬼太郎、陰陽五行対談」つき。

## 水木しげるコレクションⅢ 雪姫ちゃんとゲゲゲの鬼太郎　水木しげる

鬼太郎に妹がいた⁉ 墓場で拾われた鬼太郎の妹、雪姫ちゃんが西洋妖怪と大激闘！ 月大陸の大王が人々を襲ったり、人魚の女王との交流をしたり、鬼太郎と仲間たちがみたこともない冒険を繰り広げる第三弾。

## 水木しげるコレクションⅣ ゲゲゲの森の鬼太郎　水木しげる

妖怪の力を封じる一族との戦いを描いた「妖怪危機一髪」。食べると体にカビが生える豆腐の恐怖を描いた「豆腐小僧」など、自然との共存共栄をテーマに、人間社会への風刺も込められた作品集。シリーズ第四弾。

# 角川文庫ベストセラー

# 角川文庫ベストセラー

## 魂手形
三島屋変調百物語七之続
宮部みゆき

江戸神田の袋物屋・三島屋では一風変わった百物語が続けられている。これまで聞き手を務めてきた主人の姪の後を継いだのは、次男坊の富次郎。美丈夫の勤番武士が語る、火災を制する神器の秘密とは……。

## 死者のための音楽
山白朝子

死にそうになるたびに、それが聞こえてくるの——。母をとりこにする、美しい音楽とは。表題作「死者のための音楽」ほか、人との絆を描いた怪しくも切ない七篇を収録。怪談作家、山白朝子が描く愛の物語。

## エムブリヲ奇譚
山白朝子

旅本作家・和泉蠟庵の荷物持ちである耳彦は、ある日不思議な〝青白いもの〟を拾う。それは人間の胎児エムブリヲと呼ばれるもので……迷い迷った道の先、辿りつくのは極楽かはたまたこの世の地獄か——。

## 私のサイクロプス
山白朝子

出ては迷う旅本作家・和泉蠟庵。荷物持ちの耳彦とおつきの少女・輪、3人が辿りつく先で出会うのは悲劇かそれとも……異形の巨人と少女の交流を描いた表題作を含む9篇の連作短篇集。

## 私の頭が正常であったなら
山白朝子

元夫によって愛する娘を目の前で亡くした私は、心身のバランスを崩していた。ある日の散歩中、助けを求める小さな声を拾う。私にしか聞こえない少女の声は、幻聴か、現実か。悲哀と祝福に満ちた8つの物語。